FANTASY

Shannara-Saga: In einer Zeit lange nach dem Untergang unserer heutigen Welt herrschen wieder mittelalterliche Zustände. Die überlebenden Menschen teilen sich die Welt mit Trollen, Gnomen, Zwergen, Elfen und allerlei dunklen und sonderbaren Wesen. Es ist ein Zeitalter voller Magie und Abenteuer, ein fortwährender Kampf von Gut gegen Böse. Allanon, der letzte der Druiden, und die Ohmsford-Familie, die Erben von Shannara, stehen im Mittelpunkt der verschiedenen Episoden. Allanon ist der letzte der Druiden von Paranor und Hüter des alten Wissens und der alten Zauberei. Er taucht immer dann in den vier Ländern auf, wenn irgendwoher Gefahr droht. Und dabei ist er immer wieder auf die Hilfe der Ohmsfords mit ihrem Elfenzauber angewiesen.

Terry Brooks

Der Erbe von Shannara

Ins Deutsche übertragen von
Tony Westermayr

BLANVALET

Terry Brooks wurde 1944 in Illinois geboren. 1977 gelang es ihm als erstem Fantasy-Autor überhaupt, mit dem „Schwert von Shannara“ die Top Ten der New-York-Times-Bestsellerliste zu erklimmen. Seither wurde er zum Weltstar der Fantasy. Nach seinem jüngsten Abstecher in die Dark Fantasy mit der „Dämonenjäger“-Trilogie und der Romanfassung von „STAR WARS. Episode 1“ kehrte er zu seiner ersten großen Liebe zurück: ins Land Shannara. Die alten und neuen Folgen der Saga erscheinen im Blanvalet Verlag.
Terry Brooks lebt in Seattle und auf Hawaii.

Bereits erscheinen: Das Schwert von Shannara (24974), Der Sohn von Shannara (24975), Der Erbe von Shannara (24976)

In Kürze erscheinen: Die Elfensteine von Shannara (24977), Der Druide von Shannara (24978), Die Dämonen von Shannara (24979)

Außerdem erscheint in Kürze: Die Hexe von Shannara (24966)

Weitere Bände sind in Vorbereitung.

Die Originalausgabe erschien unter dem Titel „The Sword of Shannara“ (Part 3) bei Ballantine Books/Random House, New York

Umwelthinweis: Alle bedruckten Materialien dieses Taschenbuches sind chlorfrei und umweltschonend. Das Papier enthält Recycling-Anteile.

Blanvalet Taschenbücher erscheinen im Goldmann Verlag,
einem Unternehmen der Verlagsgruppe Bertelsmann GmbH.

Deutsche Taschenbuchausgabe 1/2001

Umschlaggestaltung: Design Team München
Umschlagillustration: Agt. Schlück/Kukalis
Satz: Mohndruck, Gütersloh
Druck: Elsnerdruck, Berlin
Verlagsnummer: 24976
V. B. · Herstellung: Peter Papenbrok
Printed in Germany · ISBN 3-442-24976-7
www.blanvalet-verlag.de

1 3 5 7 9 10 8 6 4 2

I

Der Morgen war eben mit gleißender Helligkeit an einem wolkenlosen, dunkelblauen Himmel heraufgekommen, als der letzte Trupp von Flüchtlingen aus der Inselstadt Kern Tyrsis erreichte und durch ein Tor der gewaltigen Außenmauer schritt. Verschwunden waren der feuchte, undurchdringliche Nebel und die riesige schwarze Decke aus Gewitterwolken, von denen das Land Callahorn so viele Tage eingehüllt gewesen war. Das Grasland blieb durchtränkt und übersät von kleinen Pfützen, die der gesättigte Boden noch nicht hatte aufnehmen können, aber der anhaltende Regen war weitergezogen, abgelöst von klarem Himmel und Sonne, die dem Morgen Fröhlichkeit verliehen. Die Bewohner von Kern waren über Stunden hinweg in versprengten Gruppen eingetroffen, allesamt erschöpft, entsetzt von dem Geschehenen, in Angst vor dem Bevorstehenden. Ihre Heimat war zur Gänze zerstört. Alle wußten noch gar nicht, daß die Nordländer nach dem unerwarteten Angriff auf ihr Heerlager alles in Brand gesteckt hatten.

Die Evakuierung der todgeweihten Stadt war ein Wunder an Erfolg gewesen. Die Menschen besaßen zwar kein Zuhause mehr, aber sie waren am Leben und, für den Augenblick, in Sicherheit. Die Nordländer hatten den Massenausbruch nicht bemerkt, weil ihre Aufmerksamkeit ganz von dem tapferen Haufen der Legionärssoldaten in Anspruch genommen worden war. Die Legionäre hatten das Heerlager angegriffen und erreicht, daß selbst die am weitesten vorgeschobenen Außenposten zurückgeholt worden waren, da man der irrigen Ansicht gewesen war, es handele sich um einen Großangriff. Bis der Feind dahinterkam, daß es sich nur um ein Ablenkungsmanöver handelte, das Verwirrung stiften sollte, war die Insel schon evakuiert; die Bevölkerung hatte sich auf dem schnellströmenden Mermidon-Fluß in Sicherheit gebracht und war vom wutentbrannten Feind nicht mehr einzuholen gewesen.

Menion Leah betrat als einer der letzten die ummauerte Stadt, zerschlagen und ausgelaugt. Die Wunden an seinen Füßen hatten sich auf dem Zehnmeilenmarsch vom Mermidon nach Tyrsis wieder geöffnet, aber er hatte es abgelehnt, sich tragen zu lassen. Mit letzter Kraft schleppte er sich die breite Rampe zum Tor in der Außenmauer hinauf, auf der einen Seite gestützt von der getreuen Shirl, die ihm keinen Schritt von der Seite gewichen war, auf der anderen gehalten von dem ebenso müden Janus Senpre.

Der jugendliche Legionskommandeur hatte die Kämpfe der grausamen nächtlichen Schlacht überlebt und war auf demselben kleinen Floß entkommen, das auch Menion und Shirl fortgetragen hatte. Die Strapazen, die sie hatten erdulden müssen, hatten sie einander näher gebracht, und auf der Fahrt nach Süden hatten sie offen, wenngleich mit gedämpften Stimmen, über die Auflösung der Grenzlegion gesprochen. Sie waren sich einig darin, daß die Legion gebraucht wurde, wenn Tyrsis den Ansturm einer Streitmacht von der Größe der Nordland-Armee überstehen wollte. Überdies besaß nur der vermißte Balinor genug Erfahrung und Geschicklichkeit im Kampf, um sie zu führen. Der Prinz mußte also schnell gefunden und an die Spitze der Legion gestellt werden, wenngleich sein Bruder sich dieser Maßnahme zweifellos widersetzen würde; ebenso gewiß war, daß dieser die Wiederaufstellung der legendären Streitmacht ablehnen würde, die er in so unsinniger Weise aufgelöst hatte.

Weder Menion Leah noch Janus Senpre ahnten in diesem Augenblick, wie schwer ihre Aufgabe sein würde, obwohl sie vermuteten, daß Balinor von seinem Bruder festgesetzt worden war, als er vor einigen Tagen Tyrsis erreicht hatte. Nichtsdestoweniger waren sie entschlossen, Tyrsis nicht so leicht aufzugeben wie Kern. Diesmal mußte man sich stellen und kämpfen.

Ein Trupp schwarzgekleideter Palastwachen empfing die kleine Gruppe am Tor der Stadt, übermittelte herzliche Grüße des Königs und bestand darauf, sie sofort zu ihm zu bringen. Als Janus Senpre erwiderte, er habe gehört, der König sei todkrank und bettlägerig, fügte der Offizier schnell, wenn auch verspätet hinzu, die Einladung stamme von Palance, dem Sohn des Königs. Nichts hätte Menion lieber sein können – er brannte darauf, hinter die Palastmauern zu gelangen, um sich dort umzusehen. Vergessen waren Erschöpfung und Schmerzen, wiewohl die Begleiter bereitstanden, jederzeit helfend einzugreifen. Der Offizier winkte den Wachen an der Innenmauer, und man brachte einen reichgeschmückten Wagen, der die Neuankömmlinge zum Palast bringen sollte. Menion und Shirl stiegen ein, aber Janus Senpre lehnte es ab, sie zu begleiten; er wolle sich zuerst um das Wohl seiner Soldaten in den verlassenen Legionskasernen kümmern. Mit entwaffnendem Nachdruck versprach er, ihnen später zu folgen.

Als der Wagen zur Innenmauer fuhr, winkte der jugendliche Kommandeur Menion noch einmal zu, dann marschierte er, begleitet vom grauhaarigen Fandrez und einigen ausgewählten Offizieren, zu den Kasernen der Legion. Menion lächelte in der Kutsche schwach vor sich hin und hielt Shirls Hand in der seinen.

Der Wagen rollte durch das Innentor und erreichte die Hauptstraße, auf der es von Leben wimmelte. Die Bevölkerung der ummauerten Stadt war an diesem Tag früh aufgestanden, um die unglücklichen Flüchtlinge aus der Schwesterstadt zu begrüßen und sowohl Freunden als auch Fremden Essen und Unterkunft anzubieten. Alle wollten mehr wissen über das riesige Invasionsheer, das sich nun ihrer eigenen Stadt näherte. Überall standen sorgenvolle, ängstlich wirkende Menschen, sprachen bedrückt miteinander und blickten verwundert auf die langsam vorbeirollende

Kutsche mit ihrer Eskorte. Einzelne zeigten mit Fingern oder winkten erstaunt, als sie das schlanke Mädchen erkannten, das im Wagen saß, blaß und müde wirkend. Menion neben ihr biß die Zähne zusammen, als die Schmerzen in den Füßen wieder zunahmen. Nun war er froh darüber, nicht mehr gehen zu müssen.

Gebäude, Straßen und Plätze der großen Stadt huschten vorbei, überall herrschte Gedränge. Der Hochländer atmete tief ein und lehnte sich zurück in die Polster, Shirls Hand noch immer in der seinen. Er schloß ein wenig die Augen und verlor sich in dem grauen Nebel, der seine Gedanken einhüllte. Die Stadt mit ihren Menschenmengen verblaßte zu einem Hintergrundsummen, das ihn einlullte.

Er war im Begriff, ganz einzuschlafen, als er eine Hand an seiner Schulter spürte. Er richtete sich auf und sah vor ihnen das weite Palastgelände liegen, als die Kutsche zur Sendic-Brücke hinauffuhr. Menion schaute hinunter auf die von der Sonne beschienenen Parks und Gärten unter der Brücke. Von Bäumen beschattet, prangten Blumenbeete in allen Farben. Alles sah friedlich und behaglich aus, so, als gehöre dieser Teil der Stadt nicht zur übrigen turbulenten Welt.

Am anderen Ende der Brücke öffneten sich die Tore zum Palast. Menion riß ungläubig die Augen auf. Entlang der ganzen Einfahrt standen Soldaten der Palastwache, makellos in ihren schwarzen Uniformen mit dem Abzeichen des Falken, in starrer Habachtstellung. Trompeten verkündeten das Eintreffen der Kutsche und ihrer Insassen. Menion Leah war erstaunt. Man empfing sie mit allen Ehren, wie sie gewöhnlich nur den höchsten Führern der vier Länder zuerkannt wurden, eine Tatsache, auf welche die wenigen Monarchien im riesigen Südland für gewöhnlich sehr achteten. Palance Buckhannah war offenbar entschlossen, nicht nur die Umstände unbeachtet zu lassen, unter denen seine Gäste erschienen, sondern sich auch über die unverletzlichen Traditionen von Jahrhunderten hinwegzusetzen.

»Er muß verrückt sein – völlig verrückt!« brauste Menion auf.

»Wozu macht er das? Wir werden von einer Invasionsarmee belagert, und er amüsiert sich mit einer Truppenparade!«

»Menion, überlegt Euch, was Ihr zu ihm sagt. Wir müssen Geduld haben, wenn wir Balinor von Nutzen sein wollen.« Shirl griff nach seiner Schulter und lächelte warnend. »Vergeßt auch nicht, daß er mich liebt, so irregeleitet er auch sein mag. Er ist ein guter Mensch gewesen, und Balinors Bruder bleibt er.«

Menion sah trotz seiner Ungeduld und Unbeherrschtheit ein, daß sie recht hatte. Es war nichts gewonnen, wenn er zeigte, daß er sich über das unsinnige Gepränge ärgerte; vielmehr war er gut beraten, sich den Launen des Prinzen zu fügen, bis Balinor gefunden und befreit war. Er lehnte sich zurück und blickte mit erzwungener Ruhe auf die Soldaten zu beiden Seiten der Zufahrt. Die Trompetenstöße schienen von allen Seiten zu ertönen, und im Vorhof des Palastes hatten Berittene Aufstellung genommen. Die Kutsche kam zum Stillstand, und an der Tür erschien die große Gestalt des neuen Herrschers von Callahorn. Sein breites Gesicht war von einem nervösen, freudigen Lächeln erhellt.

»Shirl – Shirl, ich dachte schon, ich sehe dich nie wieder!« Er streckte die Arme aus, half ihr aus der Kutsche und drückte sie für einen Augenblick an sich, bevor er zurücktrat. »Ich ... ich glaubte, ich hätte dich für immer verloren.«

Menion Leah stieg langsam aus und lächelte schwach, als Palance sich ihm zuwandte.

»Prinz von Leah, Ihr seid wahrlich willkommen in meinem Reich«, sagte Palance und griff nach seiner Hand. »Ihr habt mir ... einen großen Dienst geleistet. Alles, was ich besitze, gehört auch Euch ... alles. Wir werden Freunde sein, Ihr und ich. Enge Freunde. Es ist ... so lange her, seit ...« Er verstummte plötzlich und starrte Menion an, offenbar in Gedanken versunken. Seine Worte klangen unnatürlich und nervös, so, als wisse er selbst nicht immer genau, was er sagte. Wenn er nicht schon völlig dem Wahnsinn verfallen ist, dachte Menion, muß er zumindest schwer krank sein.

»Ich freue mich sehr, in Tyrsis zu sein«, gab er zurück, »wenn ich mir auch wünsche, daß die Umstände für alle Beteiligten angenehmer sein möchten.«

»Ihr meint natürlich meinen Bruder«, fuhr ihn Palance an, dessen Gesicht sich rötete. Menion war verblüfft.

»Palance, er meint die Invasion der Nordland-Armee, die Verwüstung von Kern«, warf Shirl schnell ein.

»Ja ... Kern ...« Seine Stimme erstarb, und er schaute sich besorgt um, als vermisse er jemanden. Menion folgte seinem Beispiel und registrierte, daß Stenmin nicht zur Stelle war. Nach Shirls und Senpres Worten war der Prinz stets in Begleitung seines Beraters. Menion wechselte mit Shirl einen Blick.

»Ist etwas nicht in Ordnung, Mylord?« Menion gebrauchte die förmliche Anrede, um die Aufmerksamkeit seines Gegenübers zu erregen.

»Ihr könnt mir ... und diesem Reich helfen, Menion Leah«, sagte Palance sofort. »Mein Bruder möchte sich an meiner Stelle zum König aufschwingen. Er möchte mich töten lassen. Mein Berater Stenmin hat mich davor bewahrt – aber es gibt noch andere Feinde ... überall Feinde! Wir beide müssen Freunde sein. Wir müssen zusammenstehen gegen jene, die mir meinen Thron abjagen wollen – die Böses gegen Shirl im Schilde führen. Mit Stenmin kann ich nicht ... reden wie mit einem Freund. Aber mit Euch könnte ich es.« Er sah Menion in beinahe kindlicher Erwartung an. Ein Gefühl starken Mitleids für diesen Sohn Ruhl Buckhannahs durchpulste den Hochländer, und er wünschte sich, für den Unglücklichen etwas tun zu können. Er lächelte traurig und nickte.

»Ich wußte, daß Ihr zu mir steht!« rief Palance und lachte freudig. »Wir sind beide königlichen Geblüts, und das ... verbindet uns. Wir werden uns gut verstehen, Menion. Aber nun müßt Ihr Euch ausruhen.«

Plötzlich schien ihm einzufallen, daß seine Palastgarde noch immer stramme Haltung einnahm und geduldig darauf wartete, entlassen zu werden. Mit einer ruckartigen Handbewegung bedeutete der neue Herrscher Callahorns dem Kommandeur der Garde, daß er die Soldaten wieder zu ihren gewöhnlichen Pflichten einsetzen konnte. Dann betrat er mit Shirl und Menion das Gebäude, wo eine Anzahl von Dienern schon wartete, um die Gäste zu ihren Zimmern zu führen. Er blieb stehen, sah seine Besucher an und beugte sich vertraulich vor.

»Mein Bruder ist in den Verliesen unter uns eingesperrt. Ihr braucht keine Angst zu haben.« Er sah sie bedeutungsvoll an, bevor er einen Blick auf die Dienerschaft warf. »Er hat überall Freunde, wißt Ihr.«

Menion und Shirl nickten, weil man es von ihnen erwartete.

»Dann wird er also nicht aus den Verliesen entkommen können?« fragte Menion unschuldig.

»Er hat es gestern nacht versucht . . . zusammen mit seinen Freunden.« Palance lächelte zufrieden. »Aber wir haben sie ertappt und in die Falle gelockt. Sie werden die Verliese nicht mehr verlassen. Stenmin ist jetzt dort . . . Ihr müßt ihn kennenlernen . . .« Wieder richtete er sich unentschlossen auf, sah zu den Dienern hinüber und winkte einige heran. Er befahl ihnen, seine Freunde zu ihren Gemächern zu führen, damit sie ein Bad nehmen und sich umkleiden konnten, bevor sie mit ihm frühstückten. Die Sonne stand erst eine Stunde am Himmel, und die Flüchtlinge aus Kern hatten seit dem vergangenen Abend nichts gegessen. Menions nur provisorisch verbundene Wunden mußten behandelt werden, und der Hausarzt stand schon bereit, die Verbände zu wechseln. Menion brauchte auch Schlaf, aber zur Ruhe würde er erst später kommen. Die kleine Gruppe ging durch einen langen Korridor, als Shirl plötzlich ihren Namen rufen hörte. Sie drehte sich um. Der neue Herrscher von Callahorn kam ihnen nachgeeilt, blieb vor Shirl stehen, zögerte und umarmte sie dann. Menion hielt das Gesicht abgewendet, hörte aber deutlich mit, was gesprochen wurde.

»Du darfst mich nie wieder verlassen, Shirl.« Es war ein Befehl, keine Bitte, auch wenn die Stimme leise klang. »Du mußt für immer in Tyrsis bleiben – als meine Frau.«

Es blieb einen langen Augenblick still.

»Palance, ich glaube, wir –« begann Shirl stockend.

»Nein – sag nichts. Keine Diskussion – nicht jetzt«, unterbrach Palance sie schnell. »Später . . . wenn wir allein sind, wenn du ausgeruht bist . . . dann ist Zeit dafür. Du weißt, daß ich dich liebe . . . immer geliebt habe. Und du hast mich auch geliebt, ich weiß es.«

Wieder blieb es lange Augenblicke still, dann ging Shirl mit schnellen Schritten an Menion vorbei und zwang die Diener, voranzustürzen, um ihr den Weg zu ihren Räumen zu zeigen. Der Hochländer holte Shirl ein und wagte nicht, nach ihrer Hand zu greifen, solange ihr Gastgeber im Korridor stand und ihnen nachblickte. Shirl hielt den Kopf gesenkt, so daß die langen, roten Haare ihr Gesicht halb verhüllten. Sie blieben beide stumm, als die Bediensteten sie durch den breiten Korridor zum Westflügel des alten Palastes führten. Dort trennten sie sich kurze Zeit, damit der Arzt Menions Wunden behandeln und frisch verbinden konnte. Danach lag auf dem großen Himmelbett frische Kleidung, und das heiße Bad wartete, aber Menion wollte von beidem nichts wissen. Er verließ hastig sein Zimmer, klopfte leise an die Nebentür, öffnete sie und trat ein. Shirl erhob sich von ihrem Bett, als er die schwere Holztür schloß, dann lief sie auf ihn zu und schlang die Arme um ihn.

Sie klammerten sich lange Zeit aneinander, spürten den warmen Lebensstrom in ihren Körpern, lauschten auf ihren Herzschlag. Menion streichelte sanft das dunkelrote Haar und preßte Shirl an seine Brust. Sie verließ sich auf ihn; dieser Gedanke erleichterte ihn. Wenn ihre eigene Stärke, ihr Mut versagte, hielt sie sich an ihn. Menion begriff, daß er sie mit verzweifelter Kraft liebte.

Es war höchst seltsam, daß dies jetzt geschah, da ihre Welt ringsum zu zerfallen schien und der Tod in den Schatten lauerte.

Menions turbulentes Leben während der vergangenen Wochen hatte ihn von einem bedrohlichen Kampf in den anderen gerissen, jedesmal auf Leben und Tod, vom Standpunkt sterblicher Wesen aus offenkundig sinnlos; das Ganze fand seine Logik allein in der seltsamen Legende vom rätselhaften Schwert von Shannara und dem Dämonen-Lord. In diesen schrecklichen Tagen seit Culhaven hatte ihn das Leben umtobt wie eine Schlacht, und er war richtungslos umhergewirbelt worden. Seine tiefe Freundschaft und Liebe zu Shea und seine nun unterbrochene Gemeinschaft mit den Mitgliedern der Gruppe, die nach Paranor und noch weiter gezogen war, hatten ein schwaches Gefühl der Stabilität hervorgerufen, einen Fingerzeig, daß irgend etwas von Bestand sein würde, während der Rest der Welt davongerissen wurde. Dann hatte er unerwartet Shirl Ravenlock gefunden, und der überstürzte Ablauf der Dinge, die gemeinsam erlebten Gefahren, verbunden mit einer voraussehbaren Verflechtung persönlicher Bedürfnisse, hatten sie untrennbar miteinander verbunden. Menion schloß die Augen und preßte Shirl fester an sich.

Palance war wenigstens in einer Hinsicht von Nutzen gewesen – er hatte ihnen verraten, daß Balinor und vermutlich auch die anderen in den Verliesen irgendwo unter dem Palast eingesperrt waren. Offenkundig war bereits ein Ausbruchsversuch gescheitert. Menion war entschlossen, keinen Fehler zu begehen. Er besprach sich leise mit Shirl, bemüht, zu entscheiden, wie es weitergehen sollte. Wenn Palance darauf bestand, Shirl in seiner Nähe zu halten, um ihr seinen Schutz angedeihen zu lassen, würde sie in ihrer Bewegungsfreiheit stark eingeschränkt sein. Eine größere Bedrohung war jedoch die Besessenheit des Prinzen, sie zu heiraten, in dem falschen Glauben, sie liebe ihn. Palance Buckhannah schien am Rand des völligen Wahnsinns zu stehen. Er mochte jeden Augenblick das seelische Gleichgewicht verlieren, und wenn das geschah, solange Balinor sein Gefangener war . . . dann . . .

Menion unterbrach seine Gedankengänge; er wußte, daß die Zeit keine Spekulationen darüber zuließ, was morgen geschehen mochte. Es würde nicht mehr von Bedeutung sein, denn die Invasionsarmee aus dem Norden würde dann vor den Toren stehen. Balinor mußte deshalb auf der Stelle befreit werden. Menion hatte einen starken Verbündeten in Janus Senpre, aber der Palast wurde bewacht von den schwarzuniformierten Soldaten, die nur dem Herrscher dienten, und dieser schien im Augenblick allein Palance Buckhannah zu sein. Niemand wußte, was aus dem alten König geworden war; seit Wochen hatte ihn keiner mehr gesehen. Offenkundig konnte er sich von seinem Krankenbett nicht erheben, aber dafür hatte man nur das Wort seines Sohnes – und sein Sohn verließ sich auf die Behauptung des sonderbaren Mystikers Stenmin.

Shirl hatte einmal erwähnt, sie habe Palance nie länger als einige Augenblicke ohne seinen Berater gesehen, aber bei der Ankunft aus Kern war Stenmin nirgends zu entdecken gewesen. Das mußte als merkwürdig gelten, da doch praktisch jeder wußte, daß Stenmin die eigentliche Macht ausübte. Shirls Vater hatte in der Ratshalle von Kern erklärt, der bösartige Mystiker scheine einen gefährlichen Einfluß auf den jüngeren Sohn Ruhl Buckhannahs auszuüben. Wenn Menion nur dahinterkommen konnte, worauf diese Macht über Palance beruhte – er war überzeugt davon, daß der Mystiker der Schlüssel zum sonderbaren Verhalten des Prinzen war. Aber es blieb zuwenig Zeit. Menion würde mit dem Wenigen, das er wußte, auskommen müssen, um an sein Ziel zu gelangen.

Als er Shirl verließ und in sein eigenes Zimmer zurückkehrte, um zu baden und sich umzuziehen, entwickelte er in seinem Inneren bereits einen Plan zur Befreiung Balinors. Er beschäftigte sich mit den Einzelheiten auch dann noch, als er gebadet hatte. Es wurde an die Tür geklopft. Er schlüpfte in einen Hausrock, der bereitgelegt war, ging durch das Zimmer und öffnete die Tür. Einer der Diener brachte ihm das Schwert von Leah. Er bedankte sich lächelnd und ließ die kostbare Waffe aufs Bett fallen, während er sich entsann, daß er das Schwert während der Wagenfahrt neben sich auf den Sitz gelegt und es dann vergessen hatte. Seine Gedanken wichen ein wenig ab, während er sich anzog, und er dachte stolz an die Kämpfe, die das Schwert schon erlebt hatte. Er hatte so viel durchgemacht, seitdem Shea bei ihm aufgetaucht war – bei den meisten Menschen hätte es ausgereicht für ein ganzes Leben.

Er starrte vor sich hin und dachte traurig an seinen vermißten Freund. Zum tausendstenmal fragte er sich, ob der kleine Talbewohner noch am Leben sein mochte. Eigentlich gehörst du nicht nach Tyrsis, sagte er sich bitter. Shea hatte sich auf ihn verlassen, aber es hatte den Anschein, als sei ihm das übel bekommen, denn Menion hatte sich immer wieder durch die Wünsche Allanons beeinflussen lassen, obschon sein Gewissen ihm bei jeder Gelegenheit gesagt hatte, er schade seinem Begleiter, wenn er sich dem Rat des Druiden beuge. Der Gedanke, daß er seine klare Verantwortung für den Talbewohner hatte zurücktreten lassen, ärgerte ihn zutiefst. Es war nicht zu leugnen, daß er die Entscheidungen, die ihn zuletzt nach Tyrsis geführt hatten, allein getroffen hatte. Es gab eben außer Shea auch noch andere, die seiner Hilfe dringend bedurften . . .

Er ging mit gemessenen Schritten durch das große Zimmer und ließ sich auf das weiche Bett fallen. Seine ausgestreckte Hand berührte das kühle Metall seines Schwerts. Er betastete es versonnen, als er sich zurücklegte und über die Probleme nachdachte, die es zu bewältigen galt. Shirls angstvolles Gesicht stand vor seinem inneren Auge. Sie war ihm von allerhöchster Wichtigkeit; er konnte sie jetzt nicht verlassen, um die Suche nach Shea wiederaufzunehmen, gleichgültig, was die Folgen sein mochten. Eine bittere Wahl war das, wenn es eine solche überhaupt gab, denn seine Pflicht ging über das Leben dieser beiden Menschen hinaus; sie galt Balinor und seinen gefangenen Kameraden und zuletzt auch den Menschen von ganz Callahorn. Wenn Shea noch lebte, war es Aufgabe von Allanon und Flick, ihn zu finden. Soviel hing von jedem einzelnen von ihnen ab, dachte er abwesend, während sich der Schlaf schon auf ihn herniedersenkte. Sie konnten nur darum beten, daß alles gutgehen möge . . . beten und abwarten. Er schlief ein.

Wenig später gab es ihm einen Ruck, und er war schlagartig wach. Es mochte ein kaum wahrnehmbares Geräusch gewesen sein, vielleicht lag es auch an einem sechsten Sinn in ihm, jedenfalls wurde er aus einem Schlaf gerissen, der mit seinem Tod geendet hätte. Er lag regungslos auf dem großen Bett und lauschte. Aus der gegenüberliegenden Wand war ein schwaches Scharren zu vernehmen. Durch die Augenschlitze sah er, wie sich ein Gobelin bewegte. Ein Teil des massiven Mauerwerks dahinter schien sich nach vorn zu schieben, dann tauchte eine gebückte Gestalt im roten Umhang auf.

Menion zwang sich, ruhig weiterzuatmen, obwohl sein Herz heftig schlug und es ihn drängte, aufzuspringen und den rätselhaften Eindringling zu packen. Die Gestalt im Umhang huschte lautlos durch das Zimmer. Das fremde Gesicht drehte sich hastig hin und her und richtete sich dann wieder auf die im Bett liegende Gestalt des Hochländers. Der Eindringling war nur noch einen Meter vom Bett entfernt, als eine seiner schmalen Hände unter dem scharlachroten Umhang verschwand und mit einem langen, spitzen Dolch wieder auftauchte.

Menions ausgestreckte Hand lag auf dem Schwert, aber er bewegte sich noch immer nicht. Er wartete noch einen Augenblick länger, bis der Angreifer das Bett erreicht hatte, den Dolch in Hüfthöhe. Dann stieß Menion zu wie ein Raubvogel. Der schlanke Körper schnellte hoch und warf sich auf den Eindringling. Das noch in der Lederscheide steckende Schwert traf mit der Breitseite den Mann im Gesicht, daß es klatschte. Der Fremde taumelte zurück und hob abwehrend den Dolch. Das Schwert in der Scheide schlug ein zweites Mal zu, und der Dolch flog davon. Menion riß die rote Gestalt zu Boden und nagelte sie auf dem Teppich fest, während eine Hand sich um seine Kehle schloß.

»Rede, feiger Mörder!« knurrte er drohend.

»Nein, nein, wartet, Ihr habt Euch geirrt . . . ich bin kein Feind . . . bitte, ich kann nicht atmen . . .« Ein Gurgeln drang aus der Kehle des Eindringlings, als Menions Zugriff sich noch verstärkte. Menion konnte sich nicht erinnern, den Mann schon einmal gesehen zu haben. Das Gesicht war scharfgeschnitten und spitz, umrahmt von einem kleinen, schwarzen Bart. Der Hochländer sah die haßerfüllten Augen, die zusammengebissenen Zähne, und er wußte, daß er sich nicht getäuscht haben konnte. Er riß den Eindringling hoch, ohne seinen Hals loszulassen.

»Dann erklär mir, wo mein Fehler liegen soll. Du hast eine Minute, bevor ich dir die Zunge abschneide und dich den Wachen übergebe.« Er ließ die Kehle des Mannes los und packte ihn an der Brust, während er mit der anderen Hand den Dolch aufhob.

»Das ist ein Geschenk, Prinz von Leah . . . ein Geschenk vom König.« Die Stimme schwankte ein wenig. »Der König wollte seine Dankbarkeit bezeugen, und ich . . . ich kam durch eine andere Tür herein, um Euch nicht im Schlaf zu stören.« Er machte eine Pause, als warte er auf irgend etwas, während er Menion ins Gesicht starrte. Er wartete nicht darauf, daß seine Geschichte geglaubt wurde – es war etwas anderes, ganz so, als rechne er damit, daß Menion noch mehr zu sehen bekommen werde . . .

Menion Leah riß den Mann zu sich heran.

»Das ist wohl das Armseligste, was ich je gehört habe. Wer bist du, Halunke?«

Die Augen des anderen schienen vor Haß zu lodern.

»Ich bin Stenmin, der Berater des Königs.« Er schien sich wieder gefaßt zu haben. »Ich belüge Euch nicht. Der Dolch ist ein Geschenk von Palance Buckhannah, das ich Euch überbringen soll. Ich will Euch nichts Böses. Wenn Ihr mir nicht glaubt, geht zum König und fragt ihn.«

Es klang so zuversichtlich, daß Menion davon überzeugt war, Palance würde bestätigen, was sein Berater behauptet hatte, ob es zutraf oder nicht. Menion hatte den gefährlichsten Mann in ganz Callahorn in seiner Gewalt, den bösartigen Zauberer, der zur Macht hinter dem Thron geworden war, den einen Mann, den er beseitigen mußte, wenn Balinor gerettet werden sollte. Weshalb Stenmin es für angebracht gehalten hatte, ihn zu überfallen, obwohl sie einander vorher nie begegnet waren, wußte Menion nicht, aber wenn er ihn jetzt wieder freiließ oder auch nur vor Palance brachte, um ihn anzuklagen, gab er, Menion, die Initiative wieder aus der Hand und gefährdete erneut sein eigenes Leben. Er schleuderte Stenmin in einen Sessel und befahl ihm, sich nicht zu rühren. Stenmin blieb ruhig sitzen, und seine Augen glitten hin und her, während er sich nervös den kleinen Spitzbart strich. Menion betrachtete ihn und dachte über die Möglichkeiten nach, die ihm zur Verfügung standen. Er brauchte nur kurze Zeit, um sich zu entschließen. Er durfte nicht länger zuwarten, bis sich der richtige Augenblick, in dem er seine Freunde befreien konnte, von selbst einstellte; die Entscheidung drängte sich ihm auf.

»Aufstehen, Mystiker, oder wie Ihr Euch sonst zu nennen beliebt!« Das verschlagene Gesicht Stenmins blieb unbewegt, und Menion geriet in Wut. Er riß den Mann aus dem Sessel hoch. »Ich sollte Euch ohne Federlesen ins Jenseits befördern; die Menschen von Callahorn würden es mir danken. Aber noch brauche ich Eure Dienste. Führt mich zu den Verliesen, wo Balinor und die anderen eingekerkert sind – auf der Stelle!«

Stenmins Augen weiteten sich entsetzt.

»Woher könnt Ihr von ihm wissen . . . diesem Verräter an seinem Reich?« rief der Mystiker erstaunt. »Der König selbst hat befohlen, seinen Bruder einzuschließen, bis ihn der natürliche Tod ereilt, Prinz von Leah, und selbst ich . . .« Mit einem Ächzen erstarb seine Stimme, als Menion ihn wieder an der Kehle packte und zuzudrücken begann. Stenmins Gesicht verfärbte sich blaurot.

»Ich will keine Ausreden oder Erklärungen hören. Bringt mich zu ihm!«

Noch einmal packte er fester zu, und der nach Luft ringende Gefangene nickte schließlich heftig. Menion ließ ihn los, und der

Halberstickte stürzte auf ein Knie. Menion Leah zog hastig den Morgenrock aus und kleidete sich an, legte das Schwert um und schob den Dolch in den Gürtel. Er überlegte einen Augenblick, ob er Shirl wecken sollte, schob den Gedanken aber rasch wieder beiseite. Sein Plan war gefährlich genug; es gab keinen vernünftigen Grund, auch ihr Leben in Gefahr zu bringen. Wenn es ihm gelingen sollte, seine Freunde zu befreien, würde Zeit genug bleiben, sie zu holen. Er wandte sich dem Gefangenen zu, zog den Dolch heraus und zeigte ihn Stenmin.

»Das Geschenk, das zu überbringen Ihr so gütig gewesen seid, bekommt Ihr zurück – aber anders, als Ihr denkt –, wenn Ihr versuchen solltet, mich zu betrügen oder in eine Falle zu locken«, sagte er drohend. »Kommt also nicht auf dumme Gedanken. Wenn wir diesen Raum verlassen, werdet Ihr mich über die Hintertreppen und -gänge zu dem Kerker bringen, wo Balinor und seine Begleiter festgehalten werden. Wagt ja nicht, die Wachen zu alarmieren – der Tod wäre Euch sicher. Wenn Ihr Zweifel haben solltet an dem, was ich sage, laßt Euch warnen. Ich bin von Allanon in diese Stadt geschickt worden.«

Stenmin erbleichte, als er den Namen des riesenhaften Druiden hörte, und seine geweiteten Augen verrieten unverhüllte Furcht. Der scharlachrote Mystiker ging stumm zur Tür, und Menion folgte ihm auf den Fersen, die Hand am Dolch. Nun war die Zeit der alles entscheidende Faktor. Er mußte blitzschnell handeln, Balinor und die anderen Gefangenen befreien und den seines Verstandes nicht mehr mächtigen Palance ergreifen, bevor die Palastgarde alarmiert wurde. Dann mußte eine eilige Nachricht an Janus Senpre die Hilfe derjenigen bringen, die Balinor die Treue hielten, und die Macht der Monarchie sollte ohne Kampf wiederhergestellt werden können.

Die riesige Nordland-Armee würde sich im Grasland bei der Insel Kern bereits auf den Marsch nach Tyrsis machen. Wenn die Grenzlegion schnell genug aufgestellt und eingesetzt werden konnte, bestand die Aussicht, daß die Invasoren am Nordufer des

Mermidon zum Stehen gebracht würden. Es würde diesen nahezu unmöglich sein, den angeschwollenen, reißenden Fluß zu überqueren, wenn das Ufer von einer Truppe verteidigt wurde. Der Feind würde mehrere Tage brauchen, um ein Flankenmanöver durchzuführen. In der Zwischenzeit konnten die verbündeten Armeen Eventines eintreffen. Menion wußte, daß also alles von den nächsten Minuten abhing.

Die beiden Männer traten hinaus. Menion schaute hastig in beide Richtungen, aber von den schwarzgekleideten Palastwachen war nichts zu sehen. Der Hochländer trieb Stenmin vor sich her, und der Mystiker führte so seinen Gegner wohl oder übel zu den inneren Räumlichkeiten des Palastgebäudes, durch Korridore, die zur Rückseite des weitläufigen Bauwerks führten. Zweimal kamen sie an Angehörigen der Palastwache vorbei, aber Stenmin enthielt sich jeder Bemerkung und ging mit gesenktem Kopf weiter.

Durch das Gitterwerk der Palastfenster konnte Menion die Gärten sehen, wo die Sonne hell auf die Farbenpracht der Blumen schien. Es war schon später Vormittag, und bald würde im Palast reges Treiben herrschen, wenn die üblichen Besucher und Geschäftsleute kamen. Von Palance Buckhannah war nichts zu sehen, und Menion konnte nur hoffen, daß der Prinz mit anderen Dingen beschäftigt war.

Während die beiden durch die Flure schritten, konnten sie hier und dort gedämpfte Stimmen hören. Bedienstete tauchten immer häufiger auf, eilig ihren Aufgaben zustrebend. Sie beachteten Stenmin und seinen Begleiter nicht. Vielleicht war das ein Hinweis, daß sie den Mystiker weder mochten noch ihm trauten. Niemand sprach sie an, und endlich näherten sie sich dem massiv gemauerten Zugang zu den Kellern des Palastes. Zwei bewaffnete Wachen standen vor der Tür, deren Riegel durch eine dicke Eisenstange gesichert worden waren.

»Bedenkt, was Ihr sagt«, warnte Menion den Mystiker flüsternd, als sie sich den Wachen näherten.

Sie hielten vor der großen Kellertür an, und Menions Hand lag auf dem Dolch, als er hinter Stenmin stand. Die Wachen sahen ihn neugierig an, dann richteten sie ihre Aufmerksamkeit auf den Berater des Königs, der sie ansprach:

»Öffnet die Tür, Wachen! Der Prinz von Leah und ich wollen die Weinkeller und die Verliese inspizieren.«

»Auf Befehl des Königs ist allen Personen der Zutritt verboten, Mylord«, erklärte einer der Soldaten.

»Ich bin hier auf Befehl des Königs!« schrie Stenmin zornig. Menion stieß ihn warnend an.

»Wache, das ist der persönliche Berater des Königs, nicht ein Feind des Reiches«, sagte der Hochländer mit einem Lächeln. »Wir besichtigen den Palast, und da ich es war, der die Verlobte des Königs gerettet hat, vermutet er, ich könnte die Entführer der Dame erkennen. Nun gut, wenn es sein muß, störe ich den König und hole ihn hierher . . « Er verstummte bedeutungsvoll. Er konnte nur hoffen, daß die Wachen Palances irrationales Verhalten gut genug kannten, um sich nicht dem Risiko aussetzen zu wollen, daß er hier erschien. Sie zögerten einen Augenblick, dann nickten sie stumm, lösten Sperrstange und Riegel und öffneten das massive Portal. Stenmin ging wortlos voraus. Scheinbar hatte er beschlossen, sich genau an Menions Anweisungen zu halten, aber der Prinz von Leah wußte nur zu gut, daß der Mystiker kein Dummkopf war. Wenn Balinor befreit wurde und das Kommando der Grenzlegion wieder übernahm, würde Stenmins Macht über den Thron von Callahorn gebrochen werden. Stenmin würde also ganz gewiß irgend etwas versuchen, aber Zeit und Ort waren noch nicht gekommen. Die schwere Tür schloß sich leise hinter ihnen, und sie stiegen in den von lodernden Fackeln erhellten Keller hinab.

Menion sah die Falltür in der Mitte des Kellerbodens sofort. Die Wachen hatten sich keine Mühe gegeben, sie ein zweites Mal durch Weinfässer zu tarnen. Es genügte, daß sie eine Reihe von Eisenstangen und Riegeln über der Steinplatte angebracht hatten, so daß an ein Entkommen von unten her nicht zu denken war. Menion konnte zwar nichts davon wissen, aber die Gefangenen waren nach dem gescheiterten Fluchtversuch in den frühen Morgenstunden dieses Tages nicht in ihre Zellen zurückgebracht worden. Vielmehr ließ man sie in der Dunkelheit der Kerkergänge frei herumlaufen. Neben dem versiegelten Zugang standen zwei Wachen. Sie starrten die Männer an, die man hereingelassen hatte. Menion sah einen Teller mit Käse und Brot auf einem der Weinfässer stehen, daneben zwei Becher und eine halbleere Flasche. Die beiden Wachen hatten Wein getrunken. Menion lächelte schwach.

Als die beiden den Kellerboden erreichten, tat Menion so, als interessiere er sich sehr für die Kellerräume, und begann mit Stenmin ein angeregtes Gespräch. Die Wachen richteten sich beim Anblick des königlichen Beraters auf. Der Hochländer spürte, daß sie durch den unerwarteten Besuch aus dem Gleichgewicht geraten waren, und beschloß, den Vorteil zu nutzen.

»Ich verstehe, was Ihr meint, Mylord«, sagte er und starrte den Mystiker drohend an. »Diese Männer haben im Dienst getrunken. Wenn die Gefangenen nun entkommen wären, während diese Männer berauscht herumlagen? Was dann? Der König muß das sofort erfahren, wenn wir unseren Rundgang beendet haben.«

Die Wachen erbleichten.

»Mylord, Ihr irrt Euch«, sagte einer von ihnen flehend. »Wir haben nur einen kleinen Schluck Wein zu uns genommen. Unsere Pflichten haben wir nicht –«

»Das soll der König entscheiden!« fuhr ihn Menion an.

»Aber – der König wird uns nicht anhören . . .«

Stenmin machte zu diesem Theater ein finsteres Gesicht. Die Wachen legten das zu ihren Ungunsten aus und fürchteten für ihr Leben. Der Mystiker wollte etwas sagen, aber Menion trat schnell vor ihn hin, so, als wolle er Stenmin davor bewahren, sich im Zorn zu etwas hinreißen zu lassen. Er zog den Dolch und schwenkte ihn.

»Ja, gewiß, sie lügen wahrscheinlich«, sagte Menion mit unveränderter Stimme. »Immerhin, der König ist sehr beschäftigt, und ich belästige ihn ungern mit derlei Kleinigkeiten. Vielleicht ein mahnendes Wort an sie . . .?«

Er schaute sich nach den Wachen um, die dumpf nickten, froh darüber, Stenmins Wut zu entkommen. Wie alle anderen Menschen im Reich fürchteten sie die Macht des unheimlichen Mystikers und vermieden es, ihn zu reizen.

»Nun gut, ihr seid gewarnt.« Menion steckte den Dolch wieder ein und drehte sich nach den zitternden Wachen um. »Öffnet den Zugang zum Verlies und bringt die Gefangenen herauf!«

Er warf Stenmin einen drohenden Blick zu. Der Mystiker schien ihn nicht mehr zu sehen. Seine Augen starrten leer auf die Steinplatte, die den Zugang zu den Verliesen versperrte. Die Wachen hatten sich nicht gerührt, sondern sahen einander in neuer Verzweiflung an.

»Mylord, der König hat allen verboten, die Gefangenen zu sprechen – gleichgültig, aus welchem Grund«, stieß einer der Soldaten schließlich hervor. »Ich darf sie nicht aus dem Verlies holen.«

»Ihr wollt also den Berater des Königs und seinen Ehrengast aufhalten.« Menion zögerte nicht. Er hatte mit solchen Hindernissen gerechnet. »Dann bleibt uns nichts anderes übrig, als den König herzuholen . . .«

Mehr brauchte es nicht. Die Wachen überlegten nicht mehr lange, sondern stürzten zur Steinplatte und klappten die Riegel und Stangen hoch. Sie zerrten an dem Eisenring, und die Falltür kippte schwerfällig, bis die Platte auf dem Steinboden lag. Mit gezogenen Schwertern riefen die Wachen in die Dunkelheit hinunter und befahlen den Gefangenen, heraufzukommen. Menion wartete angespannt neben Stenmin. Das Schwert von Leah lag in seiner Hand, und mit der anderen hielt er Stenmin fest; er zischte ihm noch einmal ins Ohr, er möge schweigen. Schritte wurden auf den Steinstufen hörbar. Sie tappten langsam herauf, dann erschien Balinors breite Gestalt, gefolgt von den Elfen-Brüdern und dem unverwüstlichen Höndel, dessen eigener Versuch, seine Freunde zu retten, Stunden zuvor gescheitert war. Sie bemerkten Menion nicht gleich, bis der Hochländer, der Stenmin mitzerrte, vortrat und den Wachen befahl:

»So ist es recht, treibt sie vorwärts, drängt sie zusammen! Solche Männer müssen gut bewacht werden. Sie sind stets gefährlich.«

Die erschöpften Gefangenen hoben erstaunt die Köpfe. Menion zwinkerte ihnen verstohlen zu, und die Eingeschlossenen wandten sich ab. Nur ein schwaches Lächeln auf Dayels jungem Gesicht verriet etwas von der Freude, die sie beim Anblick ihres alten Freundes empfanden. Sie waren ganz heraufgestiegen und standen nun in einiger Entfernung von den Wachen, die Menion den Rücken zukehrten. Bevor Menion den Mund wieder auftun konnte, riß sich Stenmin plötzlich los und sprang zur Seite, um die ahnungslosen Wachen zu warnen und ein Entkommen der Gefangenen zu verhindern.

»Wachen, das ist ein falsches Spiel . . .«

Er konnte nicht zu Ende sprechen. Als die Wachen herumfuhren, sprang Menion wie eine Raubkatze auf den fliehenden Mystiker zu und riß ihn zu Boden. Die Soldaten bemerkten ihren Irrtum zu spät. Die vier Gefangenen zögerten keinen Augenblick, fielen über die Wachen her und entwaffneten sie im Handumdrehen. Die Soldaten waren binnen Augenblicken gefesselt und geknebelt, und man schleppte sie in einen Winkel des Kellers, wo sie den neugierigen Blicken entzogen waren. Stenmin wurde hochgerissen und seinen Gegnern gegenübergestellt. Menion warf einen besorgten Blick auf die geschlossene Tür an der Steintreppe, aber nichts rührte sich. Der Schrei Stenmins war offenbar ungehört verhallt. Balinor und die anderen traten freudestrahlend auf Menion zu, hieben ihm auf die Schulter und schüttelten ihm die Hand.

»Menion Leah, wir schulden Euch mehr, als wir je wiedergutmachen können«, sagte Balinor. »Ich dachte nicht, daß wir Euch wiedersehen würden. Wo ist Allanon?«

Menion berichtete kurz, daß er Allanon und Flick in einem Versteck über dem Lager des Nordland-Heeres zurückgelassen habe und nach Callahorn gekommen sei, um die Stadt vor dem drohenden Angriff zu warnen. Während er Stenmin hastig knebelte, damit der Mystiker nicht ein zweites Mal versuchen konnte, Alarm zu schlagen, schilderte der Hochländer, wie er Shirl Ravenlock gerettet hatte und nach Kern und schließlich nach Tyrsis geflohen war, nachdem die Inselstadt ein Opfer der Flammen geworden war. Seine Freunde hörten mit grimmigen Mienen zu.

»Wie es auch weitergehen mag, Hochländer«, sagte Hondel ruhig, »Ihr habt Euren Mann gestanden, und wir werden Euch das nie vergessen.«

»Die Grenzlegion muß sofort wiederaufgestellt und zum Mermidon geschickt werden, um die Stellung zu halten«, erklärte Balinor. »Wir müssen die untere Stadt auf der Stelle informieren. Dann gilt es, meinen Vater zu finden . . . und meinen Bruder. Ich möchte aber Blutvergießen vermeiden. Menion, können wir uns darauf verlassen, daß Janus Senpre eingreift?«

»Er ist Euch und dem König treu.«

»Ihr müßt ihm eine Nachricht schicken, während wir hierbleiben«, fuhr der Prinz von Callahorn fort. Er trat auf Stenmin zu. »Sobald er Hilfe bringt, dürfte es keine Schwierigkeiten mehr geben – mein Bruder wird allein sein. Aber was ist mit meinem Vater . . .?« Er blieb vor dem Mystiker stehen, nahm ihm den Knebel aus dem Mund und starrte ihn kalt an. Stenmin erwiderte kurz seinen Blick; seine haßerfüllten Augen loderten. Der Mystiker wußte, daß er besiegt war, wenn Palance gefangengenommen und als Herrscher von Callahorn abgesetzt wurde, und seine Verzweiflung wuchs von Minute zu Minute, als er seine Pläne in Rauch aufgehen sah. Menion, der bei den Elfen-Brüdern und

Höndel stand, während Balinor sich den Gefangenen vornahm, fragte sich, was der Mann damit zu erreichen gehofft hatte, daß er Palance auf diese Weise beeinflußt hatte. Es war zwar kein Rätsel, weshalb er den geistig verwirrten, labilen Prinzen als den neuen König von Callahorn unterstützt hatte. Seine eigene Position war gesichert, wenn Balinors Bruder herrschte. Aber weshalb hatte er die Auflösung der Grenzlegion gefördert, obwohl er wußte, daß eine Invasionsarmee das kleine Südland-Reich zu überrennen drohte, um der aufgeklärten Monarchie ein Ende zu bereiten? Warum hatte er sich solche Mühe gegeben, Balinor unschädlich zu machen und den alten König in einem abgelegenen Teil des Palastes festzusetzen, wenn es ebenso leicht gewesen wäre, die beiden insgeheim zu töten? Und warum hatte er versucht, Menion Lęah umzubringen, einen Mann, dem er vorher noch nie begegnet war?

»Stenmin, Eure Herrschaft über dieses Land und seine Menschen und Eure Macht über meinen Bruder sind beendet«, sagte Balinor mit eisiger Stimme. »Ob Ihr den morgigen Tag noch erlebt oder nicht, hängt davon ab, was Ihr von jetzt an tut, bis ich die Stadt wieder in der Gewalt habe. Was habt Ihr mit meinem Vater gemacht?«

Es blieb einen langen Augenblick still, während der Mystiker sich verzweifelt umsah, das Gesicht aschfahl vor Furcht.

»Er ... er ist im Nordflügel ... im Turm«, stieß er halblaut hervor.

»Wenn ihm etwas geschehen ist, Stenmin ...«

Balinor wandte sich ruckartig ab, und Stenmin wich zurück an eine Wand. Er fuhr mit der Hand nervös über seinen schwarzen Bart. Menion beobachtete ihn beinahe mitleidig, aber dann löste sich in seinem Gehirn schlagartig etwas aus. Ein Bild flammte auf – die Erinnerung an eine Szene vor Tagen an den Ufern des Mermidon nördlich von Kern, als er auf einer kleinen Anhöhe gelegen hatte, den Blick auf den windumtosten Fluß gerichtet. Dieselbe Geste – das Streichen über einen kleinen Spitzbart! Jetzt wußte er genau, was Stenmin im Schild führte. Sein Gesicht verzerrte sich vor Wut, und er trat vor, Balinor beiseite schiebend, als sei dieser gar nicht vorhanden.

»Ihr seid der Mann am Ufer gewesen – der Entführer!« fuhr er Stenmin an. »Ihr habt versucht, mich zu töten, weil Ihr geglaubt habt, ich erkenne Euch als den Mann wieder, der Shirl entführt hat, der sie den Nordländern übergeben hat! Ihr Verräter! Ihr wolltet uns alle verraten und die Stadt dem Dämonen-Lord übergeben!«

Ohne auf die erregten Stimmen seiner Freunde zu hören, stürzte Menion sich auf den völlig aus der Fassung geratenen Mystiker, der sich ihm aber entwinden konnte und zur Kellertreppe sprang. Menion setzte ihm nach, das schimmernde Schwert seines Vaters erhoben. Auf halber Treppe holte er Stenmin ein, der gellend aufschrie, als Menion ihn herumriß. Aber noch kam das Ende nicht, denn als Menion mit dem Schwert ausholte und Stenmin an die Steinmauer preßte, wurde plötzlich die massive Kellertür aufgestoßen. Sie krachte mit ohrenbetäubendem Lärm an die Wand. Unter dem Torbogen stand die breitschultrige Gestalt Palance Buckhannahs.

2

Einen Augenblick lang erstarrte alles. Selbst der entsetzte Stenmin war an der Mauer zusammengesunken und starrte die statuenhafte Gestalt über der alten Steintreppe leer an. Das zerquälte Gesicht des Prinzen hatte jede Farbe verloren, und der Ausdruck in seinen Augen war ein seltsames Gemisch aus Zorn und Verwirrung. Menion Leah erwiderte den forschenden Blick ungerührt und ließ das Schwert sinken, als sein Haß verrauchte. Er und seine Freunde mochten aber alle des Todes sein, wenn er nicht schnell handelte. Er riß deshalb Stenmin mit einer heftigen

Bewegung vom Boden hoch und stieß ihn verächtlich dem Prinzen entgegen.

»Hier ist Euer Verräter, Palance – der wahre Feind Callahorns. Das ist der Mann, der Shirl Ravenlock den Nordländern übergeben hat. Das ist der Mann, der Tyrsis dem Dämonen-Lord ausliefern will ...«

»Mylord, Ihr kommt gerade zur rechten Zeit.« Der Mystiker hatte sich schnell gefaßt und fiel Menion ins Wort, bevor dieser noch größeres Unheil anrichten konnte. Er raffte sich schnell auf und stürzte die Stufen hinauf, um sich dem Prinzen zu Füßen zu werfen und zu den anderen hinunterzuzeigen. »Ich habe sie bei der Flucht ertappt – ich wollte Euch eben warnen! Der Hochländer ist ein Freund Balinors – er ist hergekommen, um Euch zu töten!« Die Worte strömten voller Haß aus dem Mund Stenmins, während er nach dem Rock seines Wohltäters faßte und sich langsam hochzog. »Sie hätten mich ermordet – und danach Euch, Mylord. Seht Ihr nicht, was hier vorgeht?«

Menion kämpfte den Drang nieder, die Stufen hinaufzustürmen und dem Mystiker die Lügnerzunge abzuschneiden. Er zwang sich äußerlich zur Ruhe und starrte Palance Buckhannah ins Gesicht.

»Ihr seid von diesem Mann verraten worden, Palance«, fuhr er mit ruhiger Stimme fort. »Er hat Euer Herz und Euren Verstand vergiftet. Er hat Euch des Willens beraubt, für Euch selbst zu denken. Ihr bedeutet ihm nichts, das ganze Land bedeutet ihm nichts. Er hat es an den Feind verkauft, der schon Kern auf dem Gewissen hat.« Stenmin wollte wutentbrannt aufbrüllen, aber Menion ging unbeirrt darüber hinweg. »Ihr habt gesagt, wir würden Freunde sein, und Freunde müssen einander Vertrauen schenken. Laßt Euch jetzt nicht täuschen, sonst ist Euer Reich endgültig verloren.«

Balinor und seine Genossen, die immer noch unten an der Treppe standen, schauten stumm zu und wagten nicht einzugreifen, aus Angst, den seltsamen Zauber zu zerstören, den Menion

Leah webte, denn Palance hörte immer noch zu, während sein umwölkter Geist sich mühte, die Mauer der Verwirrung ringsum niederzureißen. Langsam trat er vor, schloß die Tür hinter sich und ging an Stenmin vorbei, als existiere dieser nicht. Sein Berater zögerte unsicher und warf einen verstohlenen Blick auf die Kellertür, als erwäge er einen Fluchtversuch. Noch war er aber nicht bereit, seine Niederlage einzugestehen. Er fuhr herum, packte Palance am Arm und beugte sich zu seinem Ohr.

»Seid Ihr verrückt? Seid Ihr so wahnsinnig, wie manche behaupten, mein König?« zischte er. »Wollt Ihr jetzt alles wegwerfen und es Eurem Bruder überlassen? Soll er König sein oder Ihr? Das ist alles gelogen. Der Prinz von Leah ist ein Freund Allanons.«

Palance wandte sich ihm ein wenig zu, seine Augen weiteten sich.

»Ja, von Allanon!« Stenmin wußte, daß er einen Punkt, auf den der Prinz reagierte, getroffen hatte, und zeigte sich entschlossen, seinen Vorteil zu nützen. »Wer, glaubt Ihr, hat Eure Verlobte aus ihrem Haus in Kern entführt? Dieser Mann, der von Freundschaft spricht, gehörte der Verschwörung an – das Ganze war eine List, um in den Palast zu gelangen und Euch zu ermorden!«

Höndel machte einen Schritt auf die Treppe zu, aber Balinor hielt ihn zurück. Menion blieb stehen, wo er war; er wußte, daß eine unbedachte Bewegung für Palance nur die Bestätigung sein konnte, daß Stenmin die Wahrheit sagte. Er richtete einen vernichtenden Blick auf den verschlagenen Mystiker, wandte sich Palance zu und schüttelte den Kopf.

»Er ist ein Verräter. Er ist eine Kreatur des Dämonen-Lords.«

Palance stieg ein paar Stufen hinunter, warf einen kurzen Blick auf Menion und starrte dann unverwandt seinen Bruder an, der ruhig stehenblieb und wartete. Ein schwaches Lächeln huschte über das Gesicht von Palance, als er auf halber Treppe anhielt und sagte:

»Was meinst du, Bruder? Bin ich wirklich ... verrückt? Wenn

ich es nicht bin, dann . . . nun, dann müssen es alle anderen sein, und ich allein bin . . . normal. Sag etwas, Balinor. Wir sollten uns nun wirklich unterhalten . . . Bevor . . . Ich wollte irgend etwas sagen . . .« Aber der Satz blieb unvollendet. Palance richtete sich auf und schaute wieder zu Stenmin hinauf, der geduckt wie ein in die Enge getriebenes Tier zum Sprung anzusetzen schien.

»Ihr seid lächerlich, Stenmin. Steht auf!« Der scharfe Befehl tönte durch die Stille, und die zusammengekauerte Gestalt des Mystikers richtete sich auf. »Sagt mir, was ich tun soll!« herrschte Palance ihn an. »Soll ich alle töten lassen – wird mich das schützen?«

Stenmin stand blitzschnell bei ihm, die dunklen Augen kalt vor Wut.

»Ruft Eure Garde, Herr! Laßt diese Mörder auf der Stelle niedermachen!«

Palance schien plötzlich zu schwanken. Seine breiten Schultern sanken herab, sein Blick blieb am Mauerwerk haften, als studiere er es mit großer Gründlichkeit. Menion spürte, daß der Prinz von Callahorn wieder der Wirklichkeit entglitt und zurückfiel in die umwölkte Welt des Wahnsinns. Stenmin erkannte es ebenfalls, und ein grimmiges Lächeln huschte über sein dunkles Gesicht, während die Hand den Spitzbart strich. Plötzlich begann Palance wieder zu sprechen.

»Nein, keine Soldaten . . . kein Töten. Ein König muß überlegt handeln . . . Balinor ist mein Bruder, auch wenn er an meiner Stelle König sein will. Er und ich müssen uns besprechen . . . es darf ihm nichts geschehen . . . nichts geschehen.« Seine Stimme wurde leiser, und er lächelte Menion unvermittelt an. »Ihr habt mir Shirl zurückgebracht . . . ich glaubte schon, ich hätte sie verloren, wißt Ihr. Warum . . . solltet Ihr das tun . . . wenn Ihr zu meinen Feinden gehört?«

Stenmin schrie vor Wut auf und griff vergeblich nach dem Rock des Prinzen. Palance Buckhannah schien ihn nicht zu bemerken.

»Es ist schwer für mich . . . klar zu denken, Balinor«, fuhr Palance leise fort und schüttelte den Kopf. »Es gibt keine Klarheit mehr . . . ich bin nicht einmal zornig auf dich, weil du König sein willst. Ich habe immer . . . König sein wollen. Du weißt es. Aber ich brauche . . . Freunde . . . einen Menschen, mit dem ich reden kann . . .« Er blickte Stenmin an. Seine Augen wirkten aber leer und ausdruckslos. Stenmin entdeckte in ihnen etwas, das ihn veranlaßte, den Prinzen loszulassen und sich ängstlich an die Wand zu pressen. Nur Menion stand nahe genug, um zu erkennen, was geschehen war. Worin auch immer die Macht, die Stenmin über Palance ausgeübt hatte, bestanden haben mochte, sie war gebrochen. Die schon verwirrten Gedankengänge des Prinzen waren endgültig zerstört, und Stenmin war für ihn von nun an nicht mehr als ein Gesicht in einem Meer von verschwimmenden Wesen, die die Alptraumwelt des wahnsinnigen Prinzen von Callahorn heimsuchten.

»Palance, hört mich an!« sagte Menion, nur für einen Augenblick durch den Wall der Dunkelheit nach dem Menschen greifend. Die breite Gestalt drehte sich ein wenig. »Ruft Shirl herunter! Ruft Shirl, und sie wird Euch helfen!«

Der Prinz zögerte einen Augenblick, als versuche er sich zu erinnern, dann huschte ein Lächeln über sein eingefallenes Gesicht, und tiefe Ruhe schien sich über seinen ganzen Körper auszubreiten. Er erinnerte sich an Shirls sanfte Stimme, ihre stille Art, ihre zerbrechliche Schönheit – Reminiszenzen, die Frieden und Seelenruhe zurückriefen, Augenblicke tiefer Zuneigung, die er sonst bei keinem anderen Menschen gefunden hatte. Wenn er nur für eine kurze Zeit bei ihr sein konnte . . .

»Shirl«, sagte er leise und wandte sich mit ausgestreckter Hand der Kellertür zu. Als er an Stenmin vorbeiging, schien der zusammengekauerte Mystiker plötzlich zum Berserker zu werden. Kreischend vor Wut und Enttäuschung stürzte er sich auf den Prinzen und wühlte an seiner Brust. Menion Leah reagierte sofort und lief die Treppe hinauf zu den miteinander ringenden Männern. Aber er war noch einige Stufen entfernt, als Stenmins schmale Hand mit einem langen Dolch aus seinem Gewand hochzuckte. Die Waffe schwebte einen schrecklichen Augenblick lang über den Männern, während Balinor vor Entsetzen aufschrie. Dann sauste sie hinunter. Palance Buckhannah schnellte zu voller Höhe empor, den Dolch bis zum Heft in der breiten Brust, und sein junges Gesicht wurde weiß wie ein Leichentuch.

»Ich gebe dir deinen Bruder zurück, du Narr!« schrie Stenmin gellend und stieß die schlaffe Gestalt die Treppe hinunter.

Der getroffene Prinz stürzte schwer in Menions ausgestreckte Arme und ließ ihn zurücktaumeln an die Wand, so daß er für Augenblicke das Gleichgewicht verlor und dem verhaßten Feind nicht nachsetzen konnte. Stenmin hatte sich bereits zur Flucht gewandt und zerrte verzweifelt an der massiven Kellertür. Balinor hetzte die Stufen hinauf, bemüht, die Flucht des Mystikers zu verhindern. Die Elfen-Brüder folgten ihm und schrien nach den Wachen. Die scharlachrote Gestalt hatte die Tür schon einen Spalt geöffnet und wollte eben hinausschlüpfen, als Höndel, der immer noch ganz unten stand, einen am Boden liegenden Streitkolben packte, der von einer der Wachen stammte, und ihn dem Flüchtenden nachschleuderte. Er traf die Schulter des Mystikers mit knochenzerschmetternder Wucht, und ein qualvoller Schrei hallte von den feuchten Wänden wider. Selbst das genügte aber nicht, um den Mystiker aufzuhalten, und einen Augenblick später war er verschwunden. Draußen ertönte sein schriller Schrei, die Gefangenen hätten den König ermordet.

Balinor warf einen schnellen Blick auf die stille Gestalt in den starken Armen Menion Leahs, dann rannte er zur offenen Kellertür. Zwei Palastwachen in schwarzen Uniformen tauchten plötzlich mit gezückten Schwertern auf. Sie hätten ebenso gut Puppen sein können, so wenig ließ sich Balinor von ihnen schrekken. Er rannte sie einfach um und hob im Laufen eines der zu Boden gefallenen Schwerter auf. Durin und Dayel waren nur Schritte hinter ihm, Menion kniete allein auf der Treppe, sah ihnen nach und hielt den Körper des selbsternannten Königs von

Callahorn in den Armen. Höndel stieg die Stufen hinauf, blieb bei ihm stehen und schüttelte traurig den grauen Kopf. Der Prinz lebte noch, aber sein Atem war flach und rasselnd, und die Lider zuckten krampfhaft. Der Zwerg streckte grimmig die Hand aus und zog langsam die tödliche Klinge aus der Brust des Prinzen heraus, bevor er den Dolch angewidert von sich warf. Höndel half Menion, den Verwundeten hochzuheben, und die Augen des Prinzen öffneten sich plötzlich. Palance murmelte etwas und versank wieder in Bewußtlosigkeit.

»Er verlangt nach Shirl«, flüsterte Menion mit Tränen in den Augen, während er Höndel ansah. »Er liebt sie immer noch. Er liebt sie immer noch.«

Im Korridor, der zum Keller führte, setzten Balinor und die Elfen-Brüder dem fliehenden Stenmin nach. Es herrschte allgemeine Verwirrung, als Angehörige der Garde, der Dienerschaft und Besucher in dem von Panik erfaßten Palast durcheinanderstürmten. Schreckensschreie hallten von den uralten Wänden wider, beklagten den Tod des Königs und warnten vor Mördern, die entschlossen seien, alles niederzumachen. Am Palasttor war ebenfalls Kampfeslärm, der das Chaos verstärkte, zu vernehmen. Balinor und seine beiden Begleiter zwängten sich durch Menschentrauben, die beim Anblick gezogener Waffen in Hysterie verfielen. Ein paar Soldaten versuchten, sie aufzuhalten, aber Balinor stieß die Bedauernswerten einfach beiseite und verfolgte die rotgekleidete Gestalt, die vor ihnen das Weite suchte. Stenmin war immer noch in Sichtweite, als die drei Verfolger die große Halle erreichten, aber er hatte sich durch das Gedränge gekämpft und vergrößerte nun seinen Vorsprung. Wutentbrannt hetzte ihm Balinor nach, stieß beiseite, was ihm in den Weg kam.

Dann erbebten die Palasttore plötzlich unter dem Ansturm von Dutzenden kämpfender Männer und barsten unmittelbar vor Balinor und seinen beiden Freunden auseinander. Die Verwirrung erreichte ihren Höhepunkt, als ein großer Haufen fechtender Gestalten in die Halle eindrang, nach Balinor brüllte und die Schwerter schwang. Einen Augenblick lang wußte der Prinz nicht so recht, wer sie sein mochten, aber dann sah er das Leoparden-Abzeichen der Grenzlegion. Die wenigen Palastwachen, die noch vorhanden waren, flüchteten oder warfen die Waffen weg und wurden ergriffen. Die Legionäre erkannten Balinor und stürzten auf ihn zu, packten ihn und hoben ihn unter Jubelgeschrei auf die Schultern. Durin und Dayel wurden von ihm getrennt. Die triumphierenden Männer versperrten den Weg zu dem sich rasch entfernenden Stenmin. Balinor brüllte und wehrte sich verzweifelt, um sich frei zu machen, aber die Masse der Männer hinderte ihn daran, sich gegen die Flut zu stemmen, die plötzlich in Bewegung geriet und ihn zurück zum Keller schwemmte.

Die aufgebrachten Elfen durchstießen endlich die Menge und rasten dem Zauberer nach, der in einen anderen Korridor eingebogen war und vorübergehend ihren Blicken entschwand. Die schmalen Elfen waren jedoch schnellfüßig und verringerten den Vorsprung, den Stenmin hatte, rasch. Sie bogen um eine Ecke und bekamen ihn wieder zu Gesicht. Seine Miene war verzerrt vor Entsetzen, sein rechter Arm hing schlaff und gebrauchsunfähig herab. Durin beschimpfte sich stumm dafür, unterwegs nicht einen Bogen ergriffen zu haben. Der Fliehende blieb plötzlich stehen und versuchte vergeblich eine der Türen an der linken Flurseite aufzureißen. Der Riegel hielt trotz der verzweifelten Bemühungen des Mystikers, ihn zu sprengen, stand, so daß dieser herumfuhr und zur nächsten offenen Tür im Korridor raste. Durin und Dayel waren nur noch Meter von ihm entfernt, als es Stenmin gelang, diese Tür zu erreichen. Er verschwand dahinter, und sie fiel krachend zu. Die Elfen langten Augenblicke später an. Da die Tür von innen abgesperrt war, machten sie sich daran, den eisernen Riegel mit den Schwertern aufzubrechen. Es dauerte Minuten, bis ihnen das gelang. Als sie die Tür aufrissen und in den Raum stürzten, war er leer.

*

Menion Leah stand stumm vor den Toren des Palastes, während Balinor sich halblaut mit den Kommandeuren der Grenzlegion unterhielt. Shirl befand sich neben ihm, einen Arm unter den seinen geschoben, das junge Gesicht von Sorge umschattet. Menion sah auf sie hinunter und lächelte sie beruhigend an, dann preßte er sie noch fester an sich. Jenseits der großen Außenmauer von Tyrsis warteten zwei Divisionen der wiederaufgestellten Grenzlegion auf den Befehl, der sie gegen die furchtbare Nordland-Armee in den Kampf schicken würde. Die gewaltige Invasions-Streitmacht hatte das Nordufer des Hochwasser führenden Mermidon erreicht und faßte bereits die Überquerung ins Auge. Wenn die Legion das Südufer auch nur einige Tage lang zu halten vermochte, würde den Elfen-Heeren vielleicht Zeit bleiben, sich zu sammeln und Tyrsis zu Hilfe zu kommen. Zeit, dachte Menion bitter – alles, was sie brauchten, war ein wenig Zeit. Bis jetzt war sie ihnen nicht gegönnt gewesen. Die Grenzlegion war, nachdem die Stadt gesichert worden war und Balinor den Befehl wieder übernommen hatte, so schnell wie möglich zusammengerufen worden, aber die vorrückenden Nordländer hatten den Mermidon, wie gesagt, bereits erreicht und trafen ihre Vorbereitungen für das Übersetzen.

Balinor war nun König von Callahorn. Anlaß zum Feiern konnte das vorläufig nicht sein. Sein Bruder lag im Koma, stark geschwächt, dem Tode nah. Die besten Ärzte von Tyrsis hatten ihn gründlich untersucht, um der Ursache seiner Geistesverwirrung auf die Spur zu kommen, und waren schließlich zu der Ansicht gelangt, daß ihm über eine lange Zeit hinweg eine starke Droge eingeflößt worden sei, die seinen Widerstand brechen und ihn praktisch zu einer gehirnlosen Puppe machen sollte. Die Dosis war zuletzt so erhöht worden, daß Geist und Körper sie nicht mehr hatten ertragen können. Zuletzt war der Wahnsinn bei ihm Wirklichkeit geworden.

Balinor hatte sich die Schlußfolgerungen der Ärzte wortlos angehört. Eine Stunde vorher war sein Vater in einem entlegenen

Raum im Nordturm des Palastes entdeckt worden. Der alte König war schon seit einigen Tagen tot, und die ärztliche Untersuchung hatte ergeben, daß er systematisch vergiftet worden war. Stenmin hatte als einziger Zugang zu dem Raum gehabt, wenn man von dem schon geistesverwirrten Prinzen Palance absah. So hatte der Tod Ruhl Buckhannahs mit Leichtigkeit geheimgehalten werden können. Wäre es dem Mystiker auch noch gelungen, Balinor zu töten, hätte es ihm nicht schwerfallen können, Palance zum Öffnen der Stadttore zu überreden und den Heeren des Dämonen-Lords die Vernichtung von Tyrsis zu ermöglichen. Das war ihm schon einmal beinahe gelungen, und die Gelegenheit konnte sich wieder ergeben, nachdem Stenmin den Elfen-Brüdern hatte entkommen können und sich irgendwo in der Stadt verborgen hielt.

Die Zukunft des Südlands lag in einem sehr konkreten Sinne in den Händen Balinors. Die Bewohner von Tyrsis erwarteten von den Buckhannahs eine zuverlässige Regierung und starke Führung. Die Grenzlegion leistete als Streitmacht ihr Bestes, wenn Balinor sie befehligte. Nun war der riesenhafte Prinz der letzte seiner Familie und der Mann, zu dem alle aufblickten, damit er sie führe. Wenn ihm etwas zustieß, verlor die Legion ihren besten Kommandeur und das Herz ihrer Kampfkraft, die Stadt den letzten Buckhannah. Die wenigen, die wahrhaft begriffen, wie ernst die Lage war, sahen ein, daß Tyrsis gegen die vorrükkende Nordland-Armee gehalten werden mußte, sollte das Südland nicht verlorengehen und ein Keil zwischen die Heere der Elfen und der Zwerge getrieben werden. Allanon hatte unterstrichen, daß in diesem Falle der Dämonen-Lord der Sieger sein würde. Tyrsis war der Schlüssel zum Erfolg oder Scheitern und Balinor der Schlüssel zu Tyrsis.

Janus Senpre hatte noch am Vormittag das Seinige getan, um die Stadt zu sichern. Nachdem Menion sich am Tor von ihm verabschiedet hatte, war er zu Fandwick und Ginnison, den Legionskommandeuren, gegangen. Insgeheim hatten sie herausragende Leute der aufgelösten Legion zusammengeholt und blitzschnell zugeschlagen, um die Tore und die Kasernen zu besetzen. Sie waren gegen den Palast vorgerückt, fast ohne Widerstand, bis schließlich die ganze Stadt rings um den Palast der Buckhannahs wieder in den Händen der Loyalisten gewesen war. Vor dem Palastgelände auf ein Zeichen Menions wartend, hatten die drei Befehlshaber und ihre Anhänger im Innern Schreie von Mord und Totschlag gehört; sie hatten das Schlimmste befürchtet und die Tore aufgebrochen, waren hineingestürzt – leider gerade rechtzeitig, um Balinor an der Verfolgung des fliehenden Stenmin zu hindern. Bei dem Getümmel hatte es kaum Tote gegeben, und die Anhänger von Palance waren entweder gefangengesetzt oder wieder in die Reihen der Legion aufgenommen worden. Zwei der fünf Divisionen waren bereits wiederaufgestellt, und die anderen drei sollten bis Sonnenuntergang stehen. Späher hatten Balinor über den Zug der Nordland-Armee zum Mermidon unterrichtet und ihn zu der Schlußfolgerung gebracht, daß er augenblicklich handeln mußte, um die Überquerung zu verhindern.

Höndel und die Elfen-Brüder gingen vor dem Palast ruhelos auf und ab. In ihren Gesichtern spiegelten sich gemischte Gefühle wider. Der Zwerg wirkte so entschlossen wie eh und je, wenn er zum Hochländer und seiner schönen Begleiterin hinübersah. Durin schien älter geworden zu sein; sein schmales Elfengesicht war umwölkt von dem Wissen über das Bevorstehende, während Dayel, obwohl nicht sorglos, hin und wieder ein Lächeln zustande brachte. Menion richtete den Blick wieder auf Balinor und die Legionskommandeure. Ginnisson war ein gedrungener Mann mit brandroten Haaren und muskulösen Armen, Fandwick ein Grauschädel mit weißem Schnurrbart und finsterer Miene; Acton mittelgroß und stämmig, nach allen Berichten ein unübertroffener Reitersmann; Messaline hochgewachsen und breitschultrig, beinahe arrogant wirkend, während er Balinor lauschte; und zuletzt Janus Senpre, zufolge seiner tapferen Haltung in Kern und seiner entscheidenden Rolle bei der Wiedereroberung von Tyrsis zum Kommandeur ernannt. Menion betrachtete die Männer prüfend, als versuche er, den Wert jedes einzelnen einzuschätzen. Balinor drehte sich plötzlich um und kam auf ihn zu, während er Höndel und die Elfen herbeiwinkte.

»Ich mache mich sofort auf den Weg zum Mermidon«, sagte er ruhig, als sie sich um ihn scharten. Menion wollte etwas sagen, aber Balinor hob abwehrend die Hand. »Nein, Menion, ich weiß, was Ihr sagen wollt. Die Antwort ist nein. Ihr bleibt alle hier in der Stadt. Ich würde einem jeden von Euch mein Leben anvertrauen, da aber mein Leben gegenüber dem Wohle von Tyrsis an Bedeutung weit abfällt, bitte ich Euch statt dessen, die Stadt zu schützen. Wenn mir etwas zustoßen sollte, wißt Ihr am besten, wie der Kampf weitergeführt werden muß. Janus bleibt bei Euch als Befehlshaber der Verteidigungsstreitkräfte. Ich habe ihn angewiesen, Euch bei allen Fragen zu Rate zu ziehen.«

»Eventine wird gewiß kommen«, sagte Dayel hastig.

Balinor lächelte und nickte zustimmend.

»Allanon hat uns nie im Stich gelassen. Er wird auch diesmal sein Wort halten.«

»Begebt Euch nicht unnötig in Gefahr«, sagte Höndel mit Nachdruck. »Die Stadt und ihre Menschen brauchen Euch lebend.«

»Lebt wohl, alter Freund.« Balinor drückte dem Zwerg fest die Hand. »Ich verlasse mich vor allem auf Euch. Ihr habt doppelt soviel Erfahrung wie ich und versteht unendlich mehr von Strategie. Paßt gut auf Euch auf.« Er wandte sich schnell ab, winkte seinen Offizieren und bestieg den Wagen, der sie zum Stadttor bringen sollte. Janus Senpre nickte Menion beruhigend zu, als die Kutsche sich in Bewegung setzte, begleitet von einer berittenen Eskorte. Die vier Kameraden und Shirl Ravenlock sahen dem Zug nach, bis er verschwunden war und man keinen Laut mehr hören konnte. Höndel murmelte zerstreut etwas von einer nochmaligen Durchsuchung des Palastes, um den verschwundenen Stenmin ausfindig zu machen, und betrat das Gebäude, ohne eine

Antwort abzuwarten. Durin und Dayel folgten ihm. Sie konnten ein Gefühl der Bedrückung nicht abschütteln. Es war das erste Mal seit der langen Reise, die sie von Culhaven aus angetreten hatten, daß sie sich für längere Zeit von Balinor trennen mußten, und es war ein beunruhigendes Erlebnis, ihn allein zum Mermidon ziehen zu lassen.

Menion wußte genau, wie ihnen zumute war. Sein eigener ruheloser Geist drängte ihn, dem Prinzen zu folgen und ihm in dem entscheidenden Kampf gegen die Horden des Dämonen-Lords zur Seite zu stehen, aber er war der völligen Erschöpfung nahe – seit fast zwei Tagen hatte er nicht mehr geschlafen. Die Anstrengung der Schlacht um die Insel Kern, die lange Flucht den Mermidon hinunter und die rasche Abfolge der Ereignisse, die zur Befreiung Balinors und der anderen geführt hatte – dies alles war sogar für ihn zuviel gewesen. Schwankend wie ein Betrunkener führte er Shirl in den Garten neben dem Palast und ließ sich schwerfällig auf einer Steinbank nieder. Sie setzte sich still zu ihm und betrachtete sein Gesicht, als er die Augen schloß und versuchte, sich ein wenig zu entspannen.

»Ich weiß, was du denken mußt, Menion«, sagte sie leise. »Du möchtest bei ihm sein.«

Er lächelte und nickte.

»Du mußt schlafen, weißt du.«

Wieder nickte er, und plötzlich suchte ihn wieder der Gedanke an Shea heim. Wo war Shea? Wohin war der Talbewohner auf seiner erfolglosen Suche nach dem Schwert von Shannara geraten? Menion richtete sich hastig auf und wandte sich an Shirl. Er war erschöpft, aber er wollte reden – er mußte reden, denn es konnte sein, daß sich nie mehr eine Gelegenheit dazu ergeben würde. Mit leiser, ernster Stimme erzählte er ihr von sich und Shea, schilderte in kurzen Zügen die Freundschaft, die sie miteinander verband. Er sprach von den Zeiten, die sie im Hochland von Leah verlebt hatten, und kam auf die Hintergründe der Reise nach Paranor und der Suche nach dem Schwert zu sprechen.

Manchmal geriet er in die Irre, wenn er vergeblich versuchte, in die Tiefe vorzustoßen und zu erläutern, was sie vereint und manchmal auch getrennt hatte. Shirl begriff mit der Zeit, daß es eigentlich gar nicht Shea war, den Menion zu beschreiben versuchte – sondern er selbst. Schließlich legte sie die Finger auf seine Lippen.

»Er war der einzige Mensch, den du wirklich gut kanntest, nicht wahr?« sagte sie leise. »Er war wie ein Bruder für dich, und du fühlst dich verantwortlich für das, was mit ihm geschehen ist?«

Menion senkte bedrückt den Kopf.

»Ich hätte nicht anders handeln können, als ich es tat. Ihn in Leah festhalten zu wollen, hätte das Unausweichliche nur hinausgeschoben. Aber es hilft nicht, das alles zu wissen. Ich komme mir trotzdem – schuldig vor . . .«

»Wenn er für dich so tief empfindet wie du für ihn, weiß er im Innersten, daß du so handeln mußtest, gleichgültig, wo er jetzt sein mag«, erwiderte sie. »Niemand kann etwas aussetzen an dem Mut, den du in diesen Tagen bewiesen hast – und ich liebe dich, Menion.«

Menion sah sie entgeistert an. Sie lachte über seine Verwirrung und schlang die Arme um ihn. Menion preßte sie einen Augenblick an sich, dann griff er nach ihren Schultern und schob sie ein wenig von sich, um ihr Gesicht zu studieren. Sie begegnete ruhig seinem Blick.

»Ich wollte es aussprechen. Ich wollte, daß du es hörst, Menion. Wenn wir sterben müssen . . .« Sie verstummte plötzlich, und Menion sah Tränen über ihre Wangen laufen. Er wischte sie sanft weg, lächelte und zog sie mit sich hoch, als er aufstand.

»Ich habe einen weiten Weg hinter mir«, murmelte er. »Ich hätte oft das Leben verlieren können, aber immer wieder bin ich davongekommen. Ich habe das Böse gesehen, das in der Welt ist, die wir kennen, und in den Welten, von denen uns Sterbliche nur Ahnungen beschleichen. Es gibt nichts, was uns beiden schaden könnte. Die Liebe verleiht uns eine Kraft, die sogar dem Tod Widerstand leistet. Aber man braucht ein wenig Glauben. Glaube an uns, Shirl!«

Sie lächelte unwillkürlich.

»Ich glaube an dich, Menion. Und du sollst an dich selbst glauben.«

Der erschöpfte Hochländer lächelte sie an und drückte ihre Hände. Sie war die schönste Frau, die er je gesehen hatte, und er liebte sie mehr als sein Leben. Er beugte sich vor und küßte sie.

»Alles wird sich finden«, versicherte er ihr. »Alles wird gut werden.«

Sie blieben noch einige Minuten in dem einsamen Garten, unterhielten sich halblaut und folgten zerstreut den kleinen Wegen, die sich zwischen den duftenden Sommerblumen dahinschlängelten. Menion mußte sich Mühe geben, wach zu bleiben, und Shirl drang darauf, daß er sich schlafen legte, solange er noch Gelegenheit dazu hatte. Er lächelte vor sich hin und zog sich in sein Schlafzimmer zurück, wo er angekleidet auf das große, weiche Bett fiel und sofort einschlief. Die Nachmittagsstunden verrannen, die Sonne sank am westlichen Himmel und verschwand endlich in lodernder Pracht am Horizont. Als es dunkel geworden war, erwachte Menion erfrischt, aber auf sonderbare Weise beunruhigt. Er eilte zu Shirl, und gemeinsam gingen sie durch die fast verlassenen Korridore des Palastes, auf der Suche nach Höndel und den beiden Elfen. Ihre Schritte hallten durch die langen Gänge, als sie an statuenhaften Wachen und dunklen Zimmern vorbeieilten und nur einmal kurz stehenblieben, um einen Blick auf die regungslose Gestalt von Palance Buckhannah zu werfen, an dessen Bett die Ärzte mit ausdruckslosen Mienen wachten. Sein Zustand war unverändert, sein verwundeter Körper und der gemarterte Geist lagen im Kampf gegen die übermächtige Kraft des Todes, der sich langsam und unerbittlich näherte. Als Menion und Shirl sich vom Bett entfernten, hatte das Mädchen Tränen in den Augen.

Überzeugt, daß seine Freunde zum Stadttor gegangen waren, um die Rückkehr des Prinzen von Callahorn abzuwarten, ließ Menion zwei Pferde satteln und ritt mit Shirl die Hauptstraße hinunter. Es war eine kühle, wolkenlose Nacht, erhellt vom silbernen Schimmer des Mondes und der Sterne, und die Türme der Stadt zeichneten sich gegen den Himmel deutlich ab. Als die Pferde die Brücke von Sendic erreichten, spürte Menion die willkommene Kühle einer nächtlichen Brise an seinem erhitzten Gesicht. Es war ungewöhnlich still in der Stadt; die Straßen lagen verlassen da, in den Häusern brannte zwar Licht, aber man hörte kein Lachen, keine geselligen Gespräche. Ein Mantel des Schweigens hatte sich über die belagerte Stadt gebreitet, eine grimmige, wispernde Einsamkeit, die des Todes zu harren schien, den der Kampf bringen mochte. Die Reiter trabten durch die unheimliche Stille und versuchten ein wenig Trost in der Schönheit des Sternenhimmels zu finden. Die hochragende Außenmauer erhob sich schwärzlich in der Ferne. Auf den Brüstungen brannten Hunderte von Fackeln, um den Soldaten von Tyrsis den Heimweg zu erhellen. Sie sind lange fort, dachte Menion. Aber vielleicht hatten sie mehr erreichen können, als zu hoffen gewesen war. Vielleicht hatten sie den Mermidon gegen die Horden aus dem Nordland gehalten . . .

Augenblicke später stiegen die Reiter am riesigen Tor ab. In den Kasernen der Legion herrschte geschäftiges Treiben; die Garnison bereitete sich fieberhaft auf die anstehende Schlacht vor. An jeder Ecke drängten sich Soldaten, und Menion und Shirl gelangten nur unter Mühen zur Brustwehr der gigantischen Mauer, wo Janus Senpre sie herzlich begrüßte. Der jugendliche Kommandeur war ohne Ruhepause auf dem Posten gewesen, seitdem Balinor die Stadt verlassen hatte, und das schmale Gesicht zeigte Spuren der Erschöpfung und Besorgnis. Kurze Zeit später tauchten Durin und Höndel aus der Dunkelheit auf, bald danach erschien auch Dayel. Die kleine Gruppe stand schweigend an der Brustwehr und starrte hinaus in die Dunkelheit nach Norden. Aus weiter Ferne hörten sie die gedämpften Rufe und Schreie kämpfender Männer, herübergetragen vom Nachtwind.

Janus erwähnte, er habe ein halbes Dutzend Kundschafter ausgeschickt, um zu erfahren, was sich am Fluß abspiele, aber es sei bis jetzt keiner zurückgekommen – ein unheilvolles Zeichen. Er hatte mehrmals beschlossen, sich selbst auf den Weg zu machen, aber Höndel hatte ihn unwirsch immer wieder daran erinnert, daß er die Verteidigung von Tyrsis zu beaufsichtigen habe, so daß er gezwungen gewesen war, seinen Entschluß immer wieder fallenzulassen. Durin hatte sich im stillen vorgenommen, sich auf die Suche nach Balinor zu begeben, wenn dieser bis Mitternacht nicht zurückgekommen sein sollte. Ein Elf konnte sich nahezu überall unentdeckt bewegen. Vorerst wartete Durin aber wie die anderen mit wachsender Sorge. Shirl sprach kurz vom unveränderten Zustand Palance Buckhannahs, erhielt aber nur einsilbige Antworten und gab es schließlich auf, die Männer in ein Gespräch ziehen zu wollen. Die kleine Gruppe wartete eine Stunde, wartete zwei Stunden. Die Laute aus der Ferne waren deutlicher und wirrer geworden, und es hatte den Anschein, als rücke das Kampfgetümmel näher an die Stadt heran.

Dann tauchte plötzlich vor der Klippe eine riesige Formation von Reitern und Fußsoldaten auf, um in Kolonnen zu der breiten Steinrampe zu ziehen, die in die Stadt führte. Die Annäherung war fast unbemerkt vor sich gegangen, und das plötzliche Auftauchen, scheinbar aus dem Nichts, rief bei den Beobachtern auf der Mauer Bestürzung hervor. Janus Senpre sprang erschrocken auf den Mechanismus zu, der die Eisenriegel des mächtigen Tores betätigte, für Augenblicke davon überzeugt, daß es dem Feind gelungen war, Balinors Streitmacht zu umgehen und in ihren Rücken zu gelangen. Höndel beschwichtigte ihn jedoch. Er begriff, was sich abspielte, bevor die anderen einen Überblick gewannen. Der Zwerg beugte sich über die Brustwehr und rief in seiner Sprache etwas hinunter, bekam auch schnell Antwort. Höndel nickte den anderen zu und deutete auf den hochgewachsenen Reiter an der Spitze des langen Zuges. Im sanften Mondlicht richtete sich das staubbedeckte Gesicht Balinors nach oben, und seine grimmige Miene bestätigte ihre Befürchtungen. Die Grenzlegion hatte den Mermidon nicht zu halten vermocht, und die Armee des Dämonen-Lords rückte gegen Tyrsis vor.

Es war fast Mitternacht, als die fünf noch verbliebenen Angehörigen des kleinen Trupps aus Culhaven sich in einem kleinen, versteckten Speisezimmer im Palast der Buckhannahs zu einer kurzen Mahlzeit versammelten. Der lange Kampf an Nachmittag und Abend um den Mermidon gegen die Nordland-Armee war verloren, wenngleich unter verheerenden Verlusten für den Feind. Eine Zeitlang hatte es so ausgesehen, als sollte es den kampferfahrenen Soldaten der Grenzlegion gelingen, das Übersetzen des Gegners auf das Südufer des reißenden Stroms zu verhindern, aber der Feind zählte Tausende, und wo Hunderte scheiterten, setzten Tausende sich endlich durch. Actons Reiter waren blitzartig entlang der Kampflinie vorgestoßen, um jeden Versuch des Gegners, die Fußsoldaten einzuschließen, zu vereiteln. Vorstöße in das Herz der nordländischen Reihen hatten Hunderte von Trollen und Gnomen das Leben gekostet. Es war das grausigste Gemetzel gewesen, das Balinor je erlebt hatte, und der Mermidon hatte sich vom Blut der Toten und Verwundeten rot gefärbt. Trotzdem hatten die feindlichen Truppen immer wieder angegriffen, als setzten sie sich aus gehirnlosen Kreaturen zusammen, ohne Gefühl, ohne Verstand, ohne menschliche Furcht. Die Macht des Dämonen-Lords hatte den kollektiven Geist der Riesenarmee so versklavt, daß selbst der Tod keine Bedeutung mehr besaß. Schließlich hatte ein riesiger Haufe barbarischer Berg-Trolle die Verteidigungslinie der Legion am äußersten rechten Ende durchbrochen; viele waren zwar niedergemacht worden, aber der Kampf hatte die Soldaten von Tyrsis gezwungen, die linke Flanke zu verkürzen. So war es der Nordland-Armee zuletzt doch gelungen, das andere Ufer zu gewinnen.

Inzwischen ging die Sonne bereits unter, und Balinor begriff, daß selbst die besten Soldaten der Welt das Südufer nicht würden halten können, sobald die Dunkelheit hereingebrochen war. Die Legion hatte bei den Kämpfen am Nachmittag nur geringe Verluste erlitten, und so befahl er den beiden Divisionen, sich auf eine Anhöhe mehrere hundert Meter südlich des Mermidon zurückzuziehen und sich neu zu formieren. Er hielt die Kavallerie an den Flanken ständig im Einsatz und ließ sie kurze Vorstöße gegen den Feind unternehmen, damit dieser nicht zur Ruhe kam und zu keinem organisierten Sturmangriff finden konnte. Dann wartete er auf die Dunkelheit. Die Horden der Nordland-Armee setzten nun in voller Stärke über, als die Dämmerung herabsank, und die Männer der Grenzlegion verfolgten mit einem Gemisch aus Furcht und Staunen, wie aus den Hunderten, die über den Fluß kamen, Tausende wurden und noch immer kein Ende abzusehen war. Es war ein schreckliches Schauspiel, das sich den Soldaten von Callahorn bot – eine Armee von derart unfaßbarer Größe, daß sie das Land auf beiden Seiten des Mermidon bedeckte, so weit das Auge reichte.

Aber ihre Größe behinderte sie auch in der Manövrierfähigkeit, und die Kommandostruktur wirkte schwerfällig und schlecht organisiert. Man unternahm keinen konzentrierten Vorstoß, um die Legionäre von der kleinen Anhöhe zu vertreiben. Statt dessen wogte die Masse der Armee nach dem Übersetzen am Südufer des Flusses durcheinander, so, als warteten die Soldaten darauf, mitgeteilt zu bekommen, wie es weitergehen sollte. Mehrere Abteilungen schwerbewaffneter Trolle wagten gegen die Legion schnelle Vorstöße, die aber abgeschlagen werden konnten. Als endlich die Dunkelheit hereinbrach, formierte die feindliche Armee sich plötzlich zu langen Kolonnen, und Balinor wußte, daß der erste Großangriff der Legion zum Verhängnis werden mußte.

Mit der Geschicklichkeit und dem Wagemut, die ihn zur bewegenden Kraft der legendären Grenzlegion und zum besten

Kommandeur im Südland gemacht hatten, setzte der Prinz von Callahorn zu einem überaus schwierigen taktischen Manöver an. Ohne den Angriff des Gegners abzuwarten, teilte er seine Armee plötzlich in zwei Hälften und griff rechts und links von den Nordland-Kolonnen an. Mit blitzschnellen Vorstößen, die Dunkelheit nutzend in einem Gelände, das alle Legionäre gut kannten, zwangen die Soldaten von Tyrsis den Feind, seine Flanken zu einem Halbkreis zusammenzuziehen. Der Kreis wurde immer enger, und die Legionäre zogen sich nach jedem Vorstoß rasch wieder zurück. Balinor und Fandwick hielten die linke Flanke, Acton und Messaline befehligten die rechte.

Der erboste Feind begann wild zurückzuschlagen, war aber behindert durch das ihm unbekannte Terrain, während die elastisch weichenden Legionäre gerade immer außer Reichweite blieben. Langsam zog Balinor seine Flanken zurück und verkürzte die Linien, die nach dem Gegner suchenden Nordland-Soldaten mitziehend. Als die Fußsoldaten sich gänzlich vom Feind gelöst hatten, geschützt durch Dunkelheit und die Ausfälle der eigenen Reiterei, unternahm die letztere einen abschließenden Vorstoß und entzog sich den zuschnappenden Zangen der feindlichen Armee im letzten Augenblick. Die rechte und linke Flanke des Nordland-Heeres trafen plötzlich aufeinander, und jede vermutete in der anderen den verhaßten Feind, der seit Stunden nicht zu fassen gewesen war. Ohne Zögern ging man allgemein zum Angriff über.

Wie viele Trolle und Gnomen von eigenen Leuten niedergemacht wurden, sollte man nie erfahren, aber die Kämpfe tobten immer noch, als Balinor und die zwei Divisionen der Grenzlegion Tyrsis sicher erreichten. Die Hufe der Pferde waren umwikkelt worden, damit der Rückzug nicht auffiel; die Soldaten hatten sich alle Mühe gegeben, lautlos zu sein. Mit Ausnahme eines berittenen Trupps, der zu weit nach Westen geraten, abgeschnitten und dezimiert worden war, hatte die Legion intakt entkommen können. Die der gewaltigen Nordland-Armee zugefügten Verluste hatten allerdings deren Vorrücken nicht aufhalten können, und der Mermidon, die erste Verteidigungslinie von Tyrsis, war verloren.

Nun dehnte sich das riesige Heerlager des Feindes auf dem Grasland unterhalb der Stadt, und die Feuer brannten, so weit das Auge in der Dunkelheit reichte. Im Morgengrauen würde der Angriff auf Tyrsis beginnen. Die vereinigte Macht von Tausenden Trollen und Gnomen würde sich nach dem Willen des Dämonen-Lords gegen den hochragenden Wall aus Stein und Eisen werfen. Irgendwo würde eine Bresche geschlagen werden.

Höndel, der Balinor am kleinen Eßtisch nachdenklich gegenübersaß, erinnerte sich wieder des bedrohlichen Gefühls, das er verspürt hatte, als er mit Janus Senpre die Befestigungen der großen Stadt besichtigt hatte. Unzweifelhaft war die Außenmauer ein mächtiges Bollwerk, aber irgend etwas schien nicht in Ordnung zu sein. Er hatte nicht genau bestimmen können, was diese Unruhe in ihm hervorrief, aber selbst hier, im behaglichen Speisezimmer, in Gesellschaft seiner Freunde, konnte er den nagenden Verdacht nicht abschütteln, daß bei den Vorbereitungen auf die lange Belagerung, die ihnen bevorstand, etwas Entscheidendes übersehen worden war.

Er führte sich noch einmal die Abwehrlinien um die weitläufige Stadt vor Augen. Am Rand der Klippe hatten die Bewohner von Tyrsis ein niedriges Bollwerk errichtet, um den Feind daran zu hindern, sich auf dem Plateau festzusetzen. Wenn man die Nordländer nicht im Grasland unterhalb der Klippe festhalten konnte, wollte die Legion sich in die eigentliche Stadt zurückziehen und darauf vertrauen, daß die gigantische Außenmauer den Ansturm des Feindes stoppen würde. Der rückwärtige Zugang zur Stadt war abgeschnitten durch die fast senkrecht aufragenden Felswände, die sich gleich hinter dem Palast hundert Meter und höher in die Luft erhoben. Balinor hatte ihm versichert, daß die Felswände nicht zu ersteigen seien; sie waren nahezu spiegelglatt, ganz ohne Risse und Vorsprünge, die Halt hätten bieten können.

Der Abwehrwall um Tyrsis mußte undurchdringlich sein, und trotzdem war Höndel nicht zufrieden.

Seine Gedanken kehrten kurz zu seiner Heimat zurück – nach Culhaven und zu seiner Familie, die er seit Wochen nicht mehr gesehen hatte. Er war nicht oft zu Hause gewesen, da er fast sein ganzes Leben den schier unaufhörlichen Grenzkriegen im Anar gewidmet hatte. Er vermißte die Wälder und das Grün der Frühlings- und Sommermonate und fragte sich plötzlich, wie er soviel Zeit hatte vergehen lassen können, ohne seine Heimat zu besuchen. Vielleicht würde er sie nie wiedersehen. Der Gedanke zuckte durch sein Gehirn und verlor sich; er hatte keine Zeit für derlei Überlegungen.

Durin und Dayel unterhielten sich mit Balinor, und ihre Gedanken galten dem Westland. Wie Höndel entsann sich Dayel seiner Heimat. Er fürchtete sich vor dem Kampf, der bevorstand, aber er ging gegen seine Angst an, ermutigt von der Gegenwart der anderen, entschlossen, nicht weniger als sie zu leisten, wenn es darum ging, den Feind aufzuhalten, der erschienen war, um sie zu vernichten. Er dachte an Lynliss und sah ihr sanftes Gesicht vor sich. Er würde für ihre Sicherheit ebenso kämpfen wie für die seinige. Durin betrachtete seinen Bruder und sah ihn ein wenig lächeln; er wußte, ohne ihn fragen zu müssen, daß sein Bruder an das Mädchen dachte, das er heiraten würde. Nichts war Durin wichtiger als das Wohlergehen Dayels; er hatte von Anfang an darauf geachtet, immer in der Nähe seines Bruders zu sein, um ihn beschützen zu können. Während der langen Reise nach Paranor waren sie mehrmals in Gefahr geraten, ihr Leben zu verlieren. Der morgige Tag würde noch größere Gefahren bringen, und erneut war Durin willens, über seinen Bruder zu wachen.

Er dachte kurz an Eventine und die kampfstarken Elfen-Armeen, und er fragte sich, ob diese Tyrsis rechtzeitig erreichen würden. Ohne ihre Hilfe würden die Horden des Dämonen-Lords früher oder später die Verteidigungslinien der Stadt durchbrechen. Er griff nach seinem Weinglas und trank in großen

Zügen. Seine scharfen Augen glitten über die Gesichter der anderen und blieben kurz an der bedrückten Miene Menion Leahs haften.

Der schlanke Hochländer hatte mit Heißhunger gegessen, da er fast vierundzwanzig Stunden nichts hatte zu sich nehmen können. Er war lange vor seinen Tischgenossen fertig gewesen und hatte sein Weinglas nachgefüllt, bevor er Balinor Fragen über die Kämpfe des Nachmittags stellte. Nun fiel ihm, während der Wein ihm eine leichte Schläfrigkeit bescheren wollte, plötzlich ein, daß der Schlüssel zu allem, was seit Culhaven geschehen war, zu allem, was in den kommenden Tagen bevorstand, Allanon war. Er brachte es nicht mehr über sich, an Shea und das Schwert zu denken, ja, nicht einmal mit Shirl befaßte er sich. Er sah vor seinem inneren Auge nur die schwarze, unheimliche Gestalt des rätselhaften Druiden. Allanon besaß die Antworten zu allen Fragen. Er allein kannte das Geheimnis des Talismans, den die Menschen als Schwert von Shannara bezeichneten. Er allein kannte die Absicht hinter dem seltsamen Auftauchen der geisterhaften Erscheinung im Tal von Shale – des Druiden Brimen, eines Mannes, der seit fünfhundert Jahren tot war. Er allein hatte in jedem Augenblick, bei jedem Schritt auf der gefährlichen Reise nach Paranor gewußt, womit zu rechnen war und wie man sich verhalten mußte. Aber der Mann selbst war ein Rätsel geblieben.

Nun war er nicht mehr bei ihnen, und nur Flick konnte, wenn er noch lebte, ihn fragen, was mit ihnen geschehen würde. Sie hingen alle von Allanon ab, um zu überleben – aber was würde der riesenhafte Druide tun? Was blieb ihm, wenn das Schwert von Shannara verloren war? Was blieb, wenn der junge Erbe Jerle Shannaras vermißt und wahrscheinlich tot war? Menion biß sich zornig auf die Unterlippe, als der verhaßte Gedanke in ihm auftauchte. Shea *mußte* am Leben sein!

Menion verfluchte alles, was sie in diese elende Situation gebracht hatte. Sie hatten zugelassen, daß man sie in die Enge trieb. Nun stand ihnen nur noch ein Weg offen. In der morgigen

Schlacht würden viele Menschen sterben und nahezu keiner wissen, warum. Es war ein unausweichlicher Zug des Krieges, daß Männer einfach ihr Leben gaben – schon seit Jahrhunderten war das so. Aber dieser Krieg überstieg jede menschliche Fassungskraft. Er war eine Auseinandersetzung zwischen einem substanzlosen Geisterwesen und sterblichen Menschen. Wie sollte das Böse, das sich im Dämonen-Lord verkörperte, vernichtet werden, wenn man es nicht einmal zu begreifen vermochte? Nur Allanon schien die Natur des Wesens zu begreifen, aber wo war der Druide nun, da sie ihn am dringendsten brauchten?

Die Kerzen auf dem Tisch brannten nieder, und die Dunkelheit rückte näher. An den mit Holz getäfelten und mit Gobelins behängten Wänden flackerten Fackeln, und die Stimmen der Tischgenossen wurden leiser, gedämpfter, als sei die Nacht ein Kind, das nicht geweckt werden durfte. Tyrsis schlief, und draußen in der Ebene schlummerte die Nordland-Armee. Im Frieden und in der Einsamkeit der mondhellen Nacht schien es, als seien alle Lebensformen zur Ruhe gekommen, und der Krieg stelle mit seiner Botschaft von Schmerz und Tod nur eine undeutliche, fast vergessene Erinnerung an längstvergangene Jahre dar. Aber die fünf Männer, die halblaut über schönere Zeiten und Freundschaften sprachen, konnten nicht einmal für Augenblicke die Erkenntnis unterdrücken, daß die Schrecknisse des Krieges nicht weiter entfernt waren als der Sonnenaufgang, unausweichlich wie die Dunkelheit des Dämonen-Lords, die langsam und unerbittlich aus dem Norden zugriff, um ihnen den Tod zu bringen.

3

Am Morgen des dritten Tages der Suche nach Orl Fane ließen die wolkenbruchartigen Regenfälle, die auf das weite, unfruchtbare Nordland herniedergegangen waren, nach, und die Sonne erschien wieder als eine trübe, undeutliche Scheibe aus weißem Feuer, herableuchtend durch die nebelige Dunkelheit, die das Fortschreiten der schwarzen Mauer des Dämonen-Lords zurückgelassen hatte. Durch den Sturm war das Gelände völlig verändert worden, die Regenfälle hatten nahezu alle erkennbaren Merkmale weggeschwemmt und in sämtlichen vier Himmelsrichtungen den gleichen Horizont aus Hügeln und Schlammtälern hinterlassen.

Zuerst war das Wiedererscheinen der Sonne ein willkommener Anblick. Ihre Strahlen durchdrangen die verhaßte Düsternis, die auf der nackten Erdoberfläche lag, und vertrieben die vom Sturm hervorgerufene Kälte. Erneut begann sich die Landschaft zu verändern, als die Temperatur anstieg. Binnen einer einzigen Stunde war letztere um fünfzehn Grad geklettert und schien noch weiter steigen zu wollen. Die Flüsse in den gewundenen Tälern begannen zu dampfen, und die Luftfeuchtigkeit nahm zu, bis sie alles durchtränkte.

Das schwächliche Pflanzenleben, wiedererstanden nach dem wüsten Sturm, welkte in der Hitze, die schlammige Erde wurde zu hartgebackenem, rissigem Lehm, der kein Leben zu dulden schien. Die Flüsse, Seen und Pfützen begannen rasch auszutrocknen und verschwanden mit erschreckender Schnelligkeit. Die Oberfläche der auf dem versengten Land liegenden Felsblöcke nahm die Hitze auf wie Eisen in rötlicher Glut. Langsam und unerbittlich wurde das Land wieder zu dem, was es vor dem Regensturm gewesen – ein ausgetrocknetes, unfruchtbares Gebiet ohne Leben, stumm und unheimlich unter dem riesigen, wolkenlosen Himmel. Die einzige Bewegung kam vom langsamen, gewölbten Weg der Sonne, die alterslos ihrer Bahn von Osten nach Westen folgte, Tage in Jahre und Jahre in Jahrhunderte verwandelte.

Drei gebückte Gestalten traten vorsichtig aus einer Felsnische eines der zahllosen nackten Hügel. Ihre Körper richteten sich langsam auf, ihre Augen starrten grimmig in die Ferne. Sie blieben lange stehen und blickten auf das sterbende Land, das sich ins Endlose zu erstrecken schien, ein trostloser Friedhof felsiger Grabhügel, die sterblichen Überreste jener deckend, die sich in dieses verbotene Reich gewagt hatten. Absolute Stille lag über dem Land und lastete mit unausgesprochener Todesdrohung auf den Gemütern der drei lebenden Wesen. Sie standen in angstvoller Wachsamkeit beieinander und starrten in die Öde ringsum.

Shea wandte sich seinen Begleitern zu. Panamon Creel reckte sich und massierte seine Arme und Beine, um die betäubten Muskeln wieder zu wecken. Seine schwarzen Haare waren zottig und zerzaust, sein breites Gesicht von Bartstoppeln bedeckt. Er wirkte hager, aber seine scharfen Augen glühten, als er Sheas fragendem Blick begegnete. Der riesige Keltset war lautlos auf den Hügelkamm gestiegen und betrachtete den nördlichen Horizont.

Sie hatten fast drei Tage lang in der Felsnische zusammengekauert gesessen, während der ungezähmte Nordlandsturm die leeren Weiten durchtobt hatte. Drei Tage waren verlorengegangen bei der Verfolgung Orl Fanes und bei der Suche nach dem Schwert von Shannara – drei Tage, in denen alle Spuren des flüchtigen Gnomen verwischt worden waren. Sie hatten sich zwischen den Felsvorsprüngen zusammengedrängt, gegessen, weil es nötig war, geschlafen, weil nichts anderes zu tun blieb. Die Gespräche hatten dazu geführt, daß Shea und Panamon einander besser verstehen lernten, nur Keltset blieb nach wie vor ein Rätsel. Shea blieb bei seiner Ansicht, sie hätten den Sturm nicht beachten und den Gnom weiterverfolgen sollen, aber Panamon ließ sich davon nicht überzeugen. In einem solchen Unwetter konnte man nicht weit kommen, und auch Orl Fane, meinte Panamon, würde gezwungen sein, irgendwo Unterschlupf zu suchen, wenn er nicht

Gefahr laufen wollte, von einer Schlammlawine oder einem der reißenden Flußläufe erfaßt zu werden. Auf jeden Fall könne der Gnom nicht weit gekommen sein, behauptete Panamon. Keltset stieg vom Hügelkamm herunter und machte eine weit ausholende Armbewegung. Keine Spur von dem Verfolgten.

Es gab keine weitere Diskussion darüber, was zu tun sei. Der Beschluß war bereits gefaßt. Sie packten ihre bescheidene Habe zusammen, stapften den steilen Hang hinunter und wählten die Richtung nach Norden. Zur Abwechslung waren Shea und Panamon einmal einer Meinung. Die Suche nach dem Schwert von Shannara war zu mehr als zu einer Sache verletzten Stolzes geworden, zu mehr als zu einer Mission, einen geheimnisvollen Talisman zu finden. Sie war zu einer gefährlichen, wilden Jagd nach dem einen Mittel geworden, das ihr Überleben in dieser Wildnis garantieren konnte.

Die Festung des Dämonen-Lords lag zwischen den hohen, schwarzen Gipfeln im Norden. Hinter ihnen ragte die tödliche Nebelwand auf, die dazu diente, die Grenze des Schädelreiches zu bezeichnen. Um aus dieser verhaßten Gegend zu entkommen, mußten sie die eine oder die andere Richtung wählen. Das Naheliegende wäre gewesen, den Rückweg durch die nebelige Dunkelheit zu nehmen, aber während die Elfensteine ihnen den Weg zum Südland zeigen mochten, mußte ihr Gebrauch der Geisterwelt auch ihre Anwesenheit verraten. Allanon hatte Shea das schon in Culhaven klargemacht, und Shea hatte es an Panamon weitergegeben. Das Schwert von Shannara war die einzige Waffe, die sie vor dem Dämonen-Lord schützen konnte, und wenn sie es in ihren Besitz bringen konnten, bot sich ihnen wenigstens eine Aussicht, ihr Leben zu verteidigen. Ihr Plan sah vor, den Talisman an sich zu bringen und durch die Mauer der Dunkelheit zurückzukehren, so schnell es ging. Gewiß keine geniale Strategie, aber unter den vorherrschenden Umständen mußte sie genügen.

Sie kamen so langsam voran wie vor dem Sturm. Der Boden war steinhart und übersät mit Geröll und Kies, so daß die Füße kaum Halt fanden. Die drei kletterten mühsam über die Hügel und waren bald von Staub und Schweiß bedeckt. Wegen der Unübersichtlichkeit des Geländes fiel es schwer, sich zu orientieren, und es erwies sich fast als unmöglich, festzustellen, wie weit sie vorangekommen waren. Es gab keine Merkmale, woran sie sich halten konnten, in jeder Richtung sah die Landschaft gleichartig aus. Die Minuten verrannen nur langsam, ohne daß irgend etwas zu entdecken gewesen wäre. Die Feuchtigkeit nahm immer noch zu, und die Kleidung der drei Weggenossen war bald völlig durchgeschwitzt. Sie legten ihre Umhänge ab und banden sie sich auf den Rücken; wenn die Nacht herabsank, würde es wieder kühl werden.

»Das ist die Stelle, wo wir ihn zuletzt gesehen haben.«

Panamon stand regungslos auf dem Kamm eines breiten Hügels, den sie eben erstiegen hatten, und atmete schwer. Shea klomm zu ihm hinauf und schaute sich ungläubig um. Ein Hügel glich dem anderen, wohin er auch sah. Er blickte zweifelnd zum Horizont. Von hier aus wußte er nicht einmal genau zu sagen, aus welcher Richtung sie gekommen waren.

»Keltset, was siehst du?« fragte Panamon.

Der Berg-Troll ging herum und suchte den Boden nach Spuren des Gnoms ab, aber der Sturm schien alles verwischt zu haben. Er erkundete minutenlang die Umgebung, dann schüttelte er den Kopf. Panamons Gesicht wurde zornrot.

»Er war hier. Gehen wir ein Stück weiter.«

Sie machten sich stumm auf den Weg, rutschten den Hang hinunter und kletterten den nächsten Hügel hinauf. Sie berieten sich nicht mehr miteinander. Wenn Panamon sich irrte, war es nicht zu ändern; niemand hatte eine bessere Idee. Eine Stunde verging, während sie weiter nach Norden marschierten. Immer noch nichts. Shea begann einzusehen, wie aussichtslos ihr Unterfangen war. Es war unmöglich, das ganze Land im Osten und Westen abzusuchen; wenn der verschlagene Gnom auch nur hundert Meter nach der einen oder anderen Seite abgewichen war, würden sie wohl nie mehr auf seine Fährte stoßen. Vielleicht war er aber im Wirbelsturm auch von einer Schlammlawine mitgerissen worden, zusammen mit dem Schwert; in diesem Fall bestand keinerlei Aussicht, ihn jemals wiederzufinden, auch wenn sie sich noch so anstrengen mochten.

Sheas Muskeln schmerzten von den mühsamen Aufstiegen, und er überlegte, ob er eine Pause verlangen sollte, damit sie ihre Entscheidung, in dieser Richtung weiterzugehen, doch noch einmal überdenken konnten. Ein Blick auf Panamons finsteres Gesicht genügte aber, um ihn davon abzubringen. Der hochgewachsene Abenteurer hatte denselben Ausdruck, wie Shea ihn bei ihm wahrgenommen hatte, bevor Panamon über die Gnomen hergefallen war und sie getötet hatte. Er war wieder zum Jäger geworden. Sollte Panamon Orl Fane entdecken, so war der Gnom ein toter Mann. Shea schauderte unwillkürlich.

Einige Hügel weiter fanden sie eine Spur, die ihnen willkommen war. Keltset entdeckte sie von einer Anhöhe aus. Seine scharfen Augen erkannten das Objekt halb begraben in einer kleinen Schlucht. Er wies den beiden anderen die Richtung, schlitterte den Hügel hinunter und hastete auf den Gegenstand zu, um ihn aufzuheben und den anderen zu präsentieren. Es war ein langer Stoffstreifen – Teil eines Ärmels. Sie starrten ihn eine Weile an, dann blickte Shea fragend auf Keltset, um Bestätigung dafür zu erhalten, daß es sich wirklich um einen Fetzen von Orl Fanes Kleidung handelte. Der Riesentroll nickte. Panamon Creel spießte den Stoffstreifen mit seiner Pike auf und lächelte grimmig.

»Wir haben ihn also wiedergefunden. Diesmal entkommt er uns nicht.«

Aber sie fanden ihn nicht mehr an diesem Tag, so wenig wie sie neue Spuren zu entdecken vermochten. Im Staub hätten die Fußabdrücke des Gnomen deutlich erkennbar sein müssen, aber sie zeigten sich nirgends. Entgegen Panamons Vermutung war Orl Fane im Sturm offenbar doch weitergewandert, ohne von

Schlammlawinen oder Flußläufen erfaßt worden zu sein. Der Regen hatte seine Spuren weggewaschen, und es war nur einer Laune des Schicksals zu verdanken, daß der abgerissene Ärmel aufgetaucht war. Er konnte von überallher heruntergespült worden sein, so daß sich nicht sagen ließ, welche Richtung der Gnom genommen haben mochte. Als die Nacht hereinbrach, wurde es so dunkel, daß man kaum noch einen Schritt weit sehen konnte. Die Suche mußte abgebrochen werden. Während Keltset die erste Wache übernahm, sanken Panamon und Shea erschöpft zu Boden und schliefen beinahe augenblicklich ein. Die Nachtluft war kühl und immer noch feucht, so daß die drei sich wieder in die halb getrockneten Jagdmänntel wickelten.

Der Morgen kehrte allzu schnell mit seinem Nebelgrau zurück. Der Tag brachte nicht so viel Feuchtigkeit wie der vorangegangene, war aber nicht heiterer; die Sonne wurde von dem bleiernen Nebel fast ganz verhüllt. Die Totenstille hielt an, und die drei Männer schauten sich mit einem unheimlichen Gefühl um. Sie glaubten, von der ganzen Welt abgeschnitten zu sein. Die endlose Leere begann, auf Shea und Panamon eine deutliche Wirkung auszuüben. Shea war in den vergangenen Tagen nervös und unsicher geworden, und Panamon, sonst fast immer fröhlich und gesprächig, gab sich immer wortkarger. Allein Keltset blieb unverändert. Seine Miene war ausdruckslos wie immer.

Sie verzehrten ein bescheidenes Frühstück und nahmen die Verfolgung wieder auf, wenngleich widerwillig; ihr einziger Wunsch bestand darin, die Sache zu Ende zu bringen. Sie machten weiter, weil sie zum einen keine andere Möglichkeit sahen, zum anderen aus reiner Selbsterhaltung. Panamon und Shea gaben sich zwar keine Rechenschaft darüber, aber die Frage war, weshalb Keltset die Suche fortsetzte. Er befand sich in vertrauter Umgebung und hätte wohl auch allein überleben können, wenn er es vorgezogen hätte, sich abzusondern. Die beiden Männer hatten erfolglos versucht, Keltsets Beweggründe dafür zu erkennen, warum er während des dreitägigen Regens bei ihnen geblieben war. Nun, zu erschöpft, um der Sache tiefer auf den Grund zu gehen, akzeptierten sie mit ein wenig Argwohn seine Gegenwart und hofften darauf, daß sie erfahren würden, wer und was er sei, bevor die Reise zu Ende ging. Sie stapften weiter durch Staub und Dunst, während aus dem Morgen dumpfer Mittag wurde.

Schlagartig blieb Panamon stehen.

»Spuren!«

Der hochgewachsene Dieb stieß einen Freudenschrei aus und stürzte hinunter in eine kleine Talenge zu ihrer Linken. Keltset und Shea starrten ihm verblüfft nach. Augenblicke später knieten sie alle drei vor einer Reihe im Staub deutlich abgezeichneter Fußabdrücke. Deren Herkunft war unverkennbar; selbst Shea erkannte, daß sie von Gnomenstiefeln stammten. Die Absätze waren abgetreten und rissig. Die Fährte war frisch und führte nach Norden, verlief aber im Zickzack, so daß es den Anschein hatte, als laufe Orl Fane, um den allein es sich handeln konnte, ziellos herum. Sie sahen einander an und erhoben sich auf Panamons drängende Geste. Die Fährte war erst wenige Stunden alt, und nach dem unregelmäßigen Verlauf zu schließen, würde Orl Fane leicht einzuholen sein. Panamon vermochte die Freude über seinen Fund kaum zu verbergen. Wortlos schulterten die drei Männer wieder ihre Habseligkeiten und marschierten mit grimmiger Entschlossenheit nach Norden. Es mußte heute noch gelingen, Orl Fane einzuholen.

Die Spur, die der Gnom hinterlassen hatte, wand sich auf verwirrende Weise zwischen den staubbedeckten Hügeln des unteren Nordlandes dahin. Manchmal führte der Weg direkt nach Osten, und einmal verlief er sogar in entgegengesetzter Richtung. Der Nachmittag zog sich endlos dahin, und obwohl Keltset andeutete, daß die Spur frischer wurde, schienen sie nicht merklich aufzuholen. Wenn es dunkel werden sollte, bevor sie des Gnoms ansichtig wurden, bestand die große Gefahr, daß sie ihn erneut verloren. Sie waren aber nicht gewillt, das ein drittes Mal zuzulassen, und Shea hatte sich im stillen geschworen, Orl Fane notfalls sogar in der Dunkelheit weiterzuverfolgen.

Die Riesengipfel des unheimlichen Schädelreiches ragten in der Ferne drohend empor, mit schwarzen, scharfen Spitzen, die sich als Messer in den Himmel zu bohren schienen. In Sheas Gemüt nistete sich ein Angstgefühl ein, das er nicht abzuschütteln vermochte, das im Gegenteil immer stärker wurde, je weiter sie in das Nordland vordrangen. Er war zu der Überzeugung gelangt, daß er sich mehr aufgeladen hatte, als ursprünglich vorauszusehen gewesen war, daß die Suche nach Orl Fane und dem Schwert von Shannara in Wahrheit nur Bestandteil eines viel umfassenderen Planes war. Das Angstgefühl war noch nicht stark genug, um ihn in Panik zu versetzen, aber es drängte ihn mit unwiderstehlicher Kraft, dieser irrsinnigen Jagd ein Ende zu bereiten und den Rückweg in seine Heimat anzutreten.

Es war später Nachmittag, als sich das Hügelland zu einer welligen Ebene abflachte, auf der die drei Männer weiter blicken und zum erstenmal seit dem Durchschreiten der schwarzen Wand auch ganz aufrecht und beinahe entspannt gehen konnten. Das Land breitete sich vor ihnen mit atemberaubender Nacktheit aus, eine trostlose, leere Ebene aus brauner Erde und grauem Gestein, die sich bis zu den hohen Gipfeln an der Grenze des Schädelreiches, der Heimat des Dämonen-Lords, erstreckte. Das Flachland endete im Norden an Felsmassen und gebirgigem Gratland, das in Stufen zu den dräuenden Gipfeln hinaufführte. Die ganze Weite, nackt, heiß und trist, war eingehüllt in unheimliche, tödliche Stille. Nichts regte sich, kein Wesen huschte vorbei, kein Insekt summte, kein Vogel flog, nicht einmal der Wind strich über die Staubschichten. Überall dieselbe trostlose Leere, unberührt von Leben, gezeichnet vom Tod. Die gewundenen Spuren Orl Fanes verschwanden in der Ferne. Es war, als habe das Land ihn verschluckt.

Die Verfolger blieben einige Minuten stehen, und auf ihren Gesichtern malte sich das Widerstreben, dieses unfreundliche Land zu betreten. Es blieb aber wenig Zeit, das Für und Wider zu erwägen. Sie setzten sich wieder in Bewegung. Die Zickzackfährte war in der gewellten Ebene auf größere Entfernung zu überblicken, und die drei Verfolger konnten es sich ersparen, jedem einzelnen Fußabdruck zu folgen. Sie kamen schnell voran. Nach einiger Zeit zeigte Keltset an, daß der Vorsprung des Fliehenden keine ganze Stunde mehr betrug. Die Dämmerung nahte aber rasch, und die Sonne tauchte unter einen zerrissenen Horizont im Westen. Das Zwielicht wurde noch verdüstert durch den allgegenwärtigen grauen Dunst, und das Gelände nahm verschwommene Umrisse an.

Die drei waren dem Gnomen in ein tiefes Tal gefolgt, das umstellt war von hohen Graten, überhängenden Felsen und schroffen Gesteinsformationen. Das verblassende Sonnenlicht verlor sich in den Schatten des dunklen Tales fast völlig, und Panamon Creel, der schon vor einiger Zeit die Führung übernommen hatte, mußte die Augen anstrengen, um im Staub die Fußabdrücke noch erkennen zu können. Ihre Schritte verlangsamten sich, während Panamon sich immer tiefer zum Boden hinunterbücken mußte. Panamon Creel war so gefesselt von seiner Suche, daß es beinahe wie ein Schock wirkte, als die Spur plötzlich aufhörte. Shea und Keltset standen augenblicklich neben ihm, und erst die genaue Untersuchung des Bodens ringsum verriet, daß jemand die Fährte des Gnomen sorgfältig verwischt hatte.

Im selben Augenblick lösten sich die riesigen schwarzen Erscheinungen aus den Schatten des Tales und tappten im düsteren Zwielicht schwerfällig vorwärts. Shea entdeckte sie als erster, glaubte jedoch zunächst, einer Sinnestäuschung zu erliegen. Panamon begriff schneller, was sich abspielte. Er sprang hoch, zog ein großes Breitschwert und hob die Pike. Er war im Begriff, den sich schließenden Ring durchbrechen zu wollen, aber Keltset handelte auf überraschende Weise. Er sprang vor und zog den erstaunten Dieb zurück. Panamon starrte seinen stummen Begleiter fassungslos an, dann ließ er zögernd die Waffen sinken. Die drei Männer waren von mindestens einem Dutzend wachsamer

Gestalten umringt, und selbst im Zwielicht wurde dem entsetzten Shea klar, daß sie an eine Schar von Berg-Trollen geraten waren.

Der Trupp erschöpfter Elfen-Reiter zügelte die verschwitzten Pferde. Man blickte geistesabwesend hinunter ins breite Rhenn-Tal. Zwei Meilen weit dehnte sich das Tal in östlicher Richtung vor ihnen, und die hohen Hänge an beiden Seiten endeten in scharfen Graten über verkümmerten Bäumen und Unterholz. Der legendäre Paß diente seit über tausend Jahren als Durchgang von den unteren Streleheim-Ebenen zu den riesigen Wäldern des Westlandes. Er war eine natürliche Tür zur Heimat der Elfen. An diesem berühmten Paß war die erschreckende Macht der dem Dämonen-Lord unterstehenden Heere von den Elfen-Legionen und Jerle Shannara gebrochen worden. Hier war Brona dem alten Brimen und der geheimnisvollen Kraft des Schwertes von Shannara entgegengetreten und hatte die Flucht ergreifen müssen – zusammen mit seinen Armeen auf dem Rückzug in die Ebene, wo ihn die vorrückenden Zwergenarmeen aufgehalten, gestellt und besiegt hatten. Der Rhenn-Paß hatte den Beginn vom Ende der größten Bedrohung erlebt, der sich die Welt seit den verheerenden Großen Kriegen ausgesetzt gesehen hatte, und die Menschen aller Rassen betrachteten deshalb dieses friedliche Tal als historische Stätte. Sie war ein natürliches Denkmal der menschlichen Geschichte, das zu sehen manche um die halbe Welt zogen, damit auch sie sich als Teil dieses großen Ereignisses empfinden konnten.

Jon Lin Sandor gab Befehl, abzusteigen, und die Elfen-Reiter rutschten dankbar aus den Sätteln. Ihm ging es nicht um die Vergangenheit, sondern um die unmittelbare Zukunft. Sorgenvoll blickte er auf die mächtige schwarze Wand, die sich vom Nordland her über Streleheim hinzog und mit ihrem Nebelschatten den Grenzen des Westlandes und der Elfenheimat näherrückte. Seine scharfen Augen starrten hinüber zum östlichen Horizont, wo die Dunkelheit schon bis zu den Wäldern um die uralte Festung Paranor vorgedrungen war. Er schüttelte verbittert den Kopf und verfluchte den Tag, an dem er sich von seinem König und ältesten Freund getrennt hatte. Er war zusammen mit Eventine aufgewachsen, und als sein Freund die Königswürde erlangt hatte, war er als sein Berater und selbsternannter Leibwächter bei ihm geblieben. Gemeinsam hatten sie sich auf die Invasion der Armeen Bronas, des Geister-Lords, vorbereitet, von dem sie einmal geglaubt hatten, er sei im Zweiten Krieg der Rassen getötet worden. Der rätselhafte Wanderer Allanon hatte die Elfen-Völker gewarnt, und wenngleich manche geneigt gewesen waren, die Warnung in den Wind zu schlagen, verfiel Eventine nicht in diesen Fehler. Allanon hatte sich noch niemals geirrt; seine Fähigkeit, in die Zukunft zu blicken, war rätselhaft, aber erwiesen.

Die Elfen waren Eventines Rat gefolgt und hatten sich auf den Krieg vorbereitet, aber die Invasion hatte auf sich warten lassen. Dann war Paranor gefallen, und mit der Festung war das Schwert von Shannara verschwunden. Wieder war Allanon erschienen und hatte die Elfen aufgefordert, die Ebenen von Streleheim über Paranor zu überwachen, um jeden Versuch der Gnome zu verhindern, das Schwert aus der von ihnen besetzten Druidenfestung fortzuschaffen und nach Norden zu bringen in die Burg des Dämonen-Lords. Wieder hatten sich die Elfen ohne Einwände dazu bereit gefunden.

Aber das Unerwartete war eingetreten, und zwar gerade dann, als Jon Lin Sandor nicht beim König gewesen war. Die in Paranor verschanzten Gnomen hatten überraschend beschlossen, einen Durchbruch zu den sicheren Weiten des tiefen Nordlands zu unternehmen. Drei starke Abteilungen waren gegen die Elfen-Linien vorgestoßen. Eventine und Jon Lin hatten getrennte Truppen angeführt, um zwei dieser gegnerischen Einheiten abzufangen, und es wäre ihnen leicht gelungen, die Gnomen zu besiegen, hätte nicht eine Armee von Gnomen und Trollen, die Bestandteil des riesigen Nordland-Heeres war, eingegriffen. Jon Lins Truppen waren nahezu aufgerieben worden, und er war nur knapp mit dem Leben davongekommen. Zu Eventine hatte er nicht gelangen können. Der Elfen-König war mit seinem ganzen Trupp verschwunden. Seit fast drei Tagen suchte Jon Lin Sandor nun schon nach ihm.

»Wir finden ihn, Jon Lin. So leicht ist er nicht unterzukriegen. Er wird sich durchschlagen.«

Der grimmige Elf nickte knapp und warf einen kurzen Blick auf den jungen Mann neben sich.

»Es ist seltsam, aber ich weiß, daß er lebt«, fuhr der andere fort. »Ich kann es nicht erklären, aber ich spüre das.«

Breen Elessedil war Eventines jüngerer Bruder; sollte sein Bruder sterben, würde er der nächste König der Westland-Elfen sein. Es war aber eine Position, für die er noch nicht bereit war, und er wünschte sie sich auch nicht. Seit Eventines Verschwinden hatte er nichts unternommen, um den Oberbefehl über die Elfen-Armeen oder den Königlichen Rat zu ergreifen, sondern er hatte sich sofort der Suche nach seinem Bruder angeschlossen. Aus diesem Grund herrschte in der Elfen-Regierung nahezu ein Chaos, und was noch vor zwei Wochen ein gegen die bevorstehende Invasion einiges Volk gewesen, stellte sich nun als unsichere, wirre Anhäufung getrennter Gruppen dar, voller Unruhe, weil niemand bereit war, die Führung zu übernehmen.

In hemmungslose Panik würde das Elfen-Volk zwar nicht verfallen; es war zu diszipliniert, um zuzulassen, daß alles auseinanderfiel, aber Eventine war eine unbestreitbar machtvolle Persönlichkeit gewesen, und das Volk hatte sich bei seiner Thronbesteigung um ihn geschart. Noch jung, doch von ungewöhnlicher Charakterstärke und untrüglichem gesundem Menschenverstand, war er stets zur Stelle gewesen, um Rat und Tat beizusteuern, und man hatte auf ihn gehört. Die Gerüchte über sein Verschwinden hatten deshalb die Leute tief beunruhigt.

Sowohl Breen Elessedil als auch Jon Lin befaßten sich mit nichts anderem als mit der Suche nach dem vermißten König. Nachdem sie Gnomen-Patrouillen umgangen hatten und der

Hauptmasse der Nordland-Armee ausgewichen waren, hatten sie sich in dem kleinen abgelegenen Ort Koos frische Pferde und Vorräte verschafft, und nun waren sie erneut unterwegs, um ihren König zu finden.

Jon Lin Sandor glaubte zu wissen, wo Eventine zu finden war, wenn er noch lebte. Die riesige Nordland-Armee war vor fast einer Woche nach Süden weitergezogen, dem Königtum Callahorn entgegen, und sie würde nicht vorankommen, bis die berühmte Grenzlegion vernichtet war. Wenn Eventine in Gefangenschaft geraten war, wie Breen und er selbst glaubten, würden sie ihn als Geisel von höchstem Tauschwert bei den Kommandeuren des Invasionsheeres Bronas finden. Wenn Eventine Elessedil besiegt war, würden Städte, deren Führer ihm nicht ebenbürtig waren, leichter zur Übergabe neigen.

Auf jeden Fall erkannte der Dämonen-Lord die Bedeutung Eventines für sein Volk. Eventine war der beliebteste und geachtetste Führer, den die Elfen seit Jerle Shannara besessen hatten, und sie würden alles tun, um ihn zurückzuholen. Als Toter konnte er dem Geisterkönig nicht von Wert sein, und seine Hinrichtung mochte die Elfen so aufbringen, daß sie sich erneut zusammenrotteten, um Brona zu bekämpfen. Aber lebend war Eventine von unschätzbarem Wert, denn die Elfen würden das Leben ihres Lieblingssohnes nicht in Gefahr bringen wollen. Jon Lin Sandor und Breen Elessedil gaben sich nicht der Illusion hin, Eventine würde ihnen zurückgegeben werden, selbst wenn die Armee gegen die Invasion ins Südland nicht vorging. Sie handelten deshalb auf eigene Faust und vertrauten darauf, ihren Freund und Bruder zu finden, bevor er seine Nützlichkeit verlor – nach der Niederlage des Südlandes.

»Das genügt! Aufsitzen!« Jon Lins ungeduldige Stimme ertönte in der Stille, und die Reiter folgten hastig dem Befehl. Er starrte ein letztesmal zur fernen Schwärze hinüber, dann drehte er sich um und schwang sich auch auf sein Pferd. Breen war schon aufgesessen, und Sekunden später trabte der kleine Trupp ins Tal hinunter. Der Morgen war grau, die Luft roch noch nach dem Regen von gestern. Das hohe Gras war naß unter den Hufen. Tief im Süden konnte man über den Wolken einen Streifen blauen Himmels sehen. Es war ein kühler Tag, und die Elfen ritten in gezügeltem Tempo.

Sie erreichten das Talende und den östlichen Zugang zum Paß. Die Reiter unterhielten sich miteinander, wenngleich nur halblaut, da die Grenzen des Nordlandes unmittelbar hinter dem Paß lagen. Der Weg schlängelte sich zwischen den hohen Felswänden dahin und erreichte kurze Zeit danach die Ebene. Jon Lin blickte in die Weite und zügelte sein Pferd.

»Breen – ein Reiter!«

Der andere setzte sich mit seinem Pferd sofort neben ihn, und gemeinsam starrten sie hinüber zu dem weit entfernten Reiter. Genauer war er nicht zu erkennen. Einen Augenblick lang glaubte Breen, seinen Bruder vor sich zu haben, aber seine Hoffnung erlosch, als er bemerkte, daß der Mann zu klein war für Eventine. Auch reiten konnte er nicht so gut. Als er herankam, sahen sie, daß er sich mit Mühe am Sattelknopf festhielt. Sein breites Gesicht war schweißbedeckt. Er war kein Elf, sondern ein Südländer. Er brachte sein Pferd vor den Elfen zum Stehen und rang nach Atem. Sein Gesicht rötete sich, als er die belustigten Mienen der anderen sah.

»Ich bin vor ein paar Tagen einem Mann begegnet«, sagte der Fremde. »Er bat mich, Jon Lin Sandor, die rechte Hand des Elfen-Königs, aufzusuchen.«

Die Gesichter der Elfen wurden ernst.

»Ich bin Jon Lin Sandor«, sagte der Anführer des Trupps.

Der erschöpfte Reiter seufzte erleichtert und nickte.

»Ich bin Flick Ohmsford und komme bis von Callahorn, um Euch zu finden.« Er stieg unbeholfen ab und rieb sich den schmerzenden Rücken. »Wenn Ihr mir ein paar Minuten Zeit gebt, mich zu erholen, führe ich Euch zu Eventine.«

*

Shea marschierte schweigend zwischen zwei von den Berg-Trollen dahin. Er wurde das Gefühl nicht los, daß Keltset ihn und Panamon verraten hatte. Der Hinterhalt war geschickt gelegt gewesen, aber sie hätten wenigstens versuchen können, sich zu wehren. Statt dessen hatten sie auf Keltsets unerwartetes Eingreifen hin auf Widerstand verzichtet und sich entwaffnen lassen. Shea hatte gehofft, daß Keltset einen der Trolle kannte oder, da er ihrer Rasse angehörte, sie dazu überreden würde, sie wieder freizulassen. Aber Keltset hatte nicht einmal versucht, mit den Trollen zu sprechen, sondern zugelassen, daß ihm auch die Hände gefesselt wurden. Nun wurden die drei Gefangenen nach Norden getrieben, hinein in die trostlose Ebene. Der kleine Talbewohner verfügte zwar immer noch über die Elfensteine, aber gegen die Trolle waren sie nutzlos.

Er starrte auf den breiten Rücken Panamons und fragte sich, was im Kopf des reizbaren Diebes vorgehen mochte. Panamon war über das Eingreifen seines stummen Begleiters so erstaunt gewesen, daß er seither kein Wort mehr von sich gegeben hatte. Offenkundig wollte er nicht glauben, daß er den schweigenden Riesen so falsch eingeschätzt haben sollte, dem er das Leben gerettet und auf dessen Freundschaft er sich verlassen hatte. Das Verhalten des Trolls war für sie beide ein Rätsel, aber während Shea nur verwundert war, schien Panamon Creel tief verletzt zu sein. Was sonst auch immer zwischen ihnen gewesen sein mochte, Keltset war sein Freund gewesen, der einzige, auf den sich verlassen zu können er geglaubt hatte. Aus der Fassungslosigkeit des Abenteurers würde bald Haß werden, und Shea wußte, daß es überaus gefährlich war, sich einen Mann wie Panamon Creel zum Feind zu machen.

Wohin sie gebracht wurden, war nicht erkennbar. Die Nordland-Nacht war von undurchdringlicher Schwärze, und Shea sah sich gezwungen, darauf zu achten, daß er nicht fortwährend stolperte, als der Weg zwischen Felsblöcken hindurch und über hohe Kämme führte. Die Troll-Sprache war Shea völlig fremd. Da Panamon keinen Laut von sich gab, konnte Shea nichts in Erfahrung bringen. Wenn die Trolle dahinterkamen, wer er war, würde man sie gewiß zum Dämonen-Lord bringen. Die Tatsache, daß sie ihm die Elfensteine nicht abgefordert hatten, mochte ein Hinweis darauf sein, daß die Trolle sie nur als Eindringlinge betrachteten, ohne zu ahnen, was sie ins Nordland geführt hatte. Daraus ließ sich aber wenig Trost schöpfen; die Trolle würden ihm bald genug auf die Schliche kommen. Er fragte sich plötzlich, was aus Orl Fane geworden sein mochte. Seine Spuren hatten dort aufgehört, wo sie gefangengenommen worden waren, also mußte auch er in die Hände der Trolle gefallen sein. Aber wohin hatten sie ihn gebracht, und was war aus dem Schwert von Shannara geworden?

Sie marschierten stundenlang durch die Dunkelheit. Shea verlor bald jedes Zeitgefühl und war schließlich so erschöpft, daß er zusammenbrach und wie ein Sack auf der breiten Schulter eines Trolls weitergeschleppt wurde. Shea erwachte, als der Trupp ein fremdes Lager erreichte. Er spürte, wie er heruntergehoben wurde. Dann wurde er in ein großes Zelt geführt. Man überprüfte die Fesseln an seinen Handgelenken und band ihm auch die Füße. Dann wurde er alleingelassen. Panamon und Keltset hatte man an einen anderen Ort gebracht.

Er versuchte die Lederschnüre zu zerreißen, mit denen man ihm Hände und Füße zusammengebunden hatte, aber sie lockerten sich nicht einmal, so daß er es bald wieder aufgab. Er spürte, wie ihn die Müdigkeit übermannte, und wollte sich dagegen wehren, wollte sich zwingen, einen Fluchtplan zu überdenken. Je mehr er sich aber anstrengte, desto schwerer fiel es ihm, einen klaren Gedanken zu fassen, und alles zerlief in einem grauen Nebel. Wenige Minuten später war er wieder eingeschlafen.

Nur Augenblicke schienen ihm vergangen zu sein, als er von groben Händen geweckt wurde, die ihn schüttelten. Er setzte sich betäubt auf, während ein gedrungener Troll etwas Unverständliches zu ihm sagte und auf einen gefüllten Teller deutete, bevor er das Zelt wieder verließ und in den Tag hinaustrat. Shea kniff die Augen zusammen. Erstaunt stellte er fest, daß die Lederfesseln entfernt worden waren. Er rieb sich Hand- und Fußgelenke, um die Zirkulation anzuregen; dann aß er, was man ihm gebracht hatte.

Vor dem Zelt schien ein wildes Durcheinander zu herrschen, man hörte die aufgeregten Rufe von Trollen, die hin und her eilten. Shea verschlang den letzten Bissen und hatte sich eben entschlossen, einen Blick nach draußen zu werfen, als sich der Zelteingang verdunkelte. Ein mächtiger Troll kam herein und bedeutete Shea, ihm zu folgen. Der Talbewohner faßte sich an den Rock, unter dem sich die Elfensteine in ihrem Lederbeutel befanden, und ging widerwillig mit.

Eine Eskorte von Trollen führte den kleinen Südländer durch ein großes Lager von unterschiedlichen Zelten und Steinhütten auf einer Klippe, die umgeben war von niedrigen Bergkämmen. Shea sah zum fernen Horizont hinüber und erkannte, daß sie hoch über der trostlosen Ebene waren, die sie in der vergangenen Nacht durchquert hatten. Das Lager wirkte leer, und die Stimmen, die Shea vorher vernommen hatte, waren verstummt. Die Feuer waren niedergebrannt. Ein kalter Schauer huschte Shea über den Rücken, als ihm der Gedanke kam, daß er vielleicht zu seiner Hinrichtung geführt würde. Weder von Panamon noch von Keltset war etwas zu sehen. Allanon, Flick, Menion Leah und die anderen befanden sich irgendwo im Südland und ahnten nichts von seinem Unglück. Er war allein und würde sterben müssen. Er war von der Angst so gelähmt, daß er nicht einmal daran dachte, einen Fluchtversuch zu unternehmen. Bleich schritt er zwischen den Bewachern durch das verlassene Lager. Vor ihnen ragte ein Grat auf, als Grenze des Lagers, dann hatten sie die Hütten und Zelte hinter sich und standen auf einer großen, offenen Lichtung. Shea riß ungläubig die Augen auf.

Dutzende von Trollen saßen in einem weiten Halbkreis gegenüber dem Berggrat. Die Köpfe drehten sich Shea kurz zu, als er die Lichtung betrat. Vor dem Grat saßen drei verschieden große

Trolle, wohl auch verschiedenen Alters, wie Shea vermutete, von denen jeder einen farbig bemalten Stab mit einem schwarzen Wimpel in der Hand hielt. Panamon Creel saß ein wenig abseits. Seine nachdenkliche Miene veränderte sich nicht, als er Shea erblickte. Die Aufmerksamkeit aller galt der riesigen Gestalt Keltsets vor dem Halbkreis der Trolle. Er hatte die Arme verschränkt. Als Shea in den Halbkreis geführt wurde und sich neben Panamon niederließ, schien ihn dieser nicht zu bemerken. Eine Weile blieb es still. Es war das merkwürdigste Schauspiel, das Shea je erlebt hatte. Einer der drei Trolle vor dem Halbkreis stand auf und stieß den Stab auf den Boden. Die ganze Versammlung erhob sich, drehte sich ruckartig nach Osten und sprach einige Worte in ihrer fremden Sprache. Dann setzte sich alles wieder hin.

»Sie haben gebetet, verstehst du.« Es waren die ersten Worte, die Panamon von sich gab, und Shea zuckte erstaunt zusammen. Er sah den Dieb von der Seite an, aber Panamon blickte zu Keltset hinüber. Ein zweiter Stabträger stand auf und sprach kurz zu den versammelten Trollen, wobei er mehrmals auf Panamon und Shea wies. Der kleine Talbewohner wandte sich erwartungsvoll Panamon zu.

»Das ist ein Prozeß«, erklärte der Dieb ausdruckslos. »Aber er gilt nicht dir oder mir. Wir sollen zum Schädelberg gebracht werden, hinter der Messerkante, zum Reich des Dämonen-Lords, wo wir festgehalten werden sollen für – ich weiß nicht, wofür. Ich glaube, sie wissen noch nicht, wer wir sind. Der Geister-Lord hat befohlen, daß alle Fremden zu ihm gebracht werden müssen, und man macht mit uns keine Ausnahme. Es besteht immer noch Hoffnung.«

»Aber ein Prozeß –« begann Shea zweifelnd.

»Gegen Keltset. Er hat sich auf das Recht berufen, von seinen eigenen Leuten vor Gericht gestellt zu werden, statt daß man ihn Brona übergibt. Das ist ein alter Brauch – die Bitte darf nicht abgeschlagen werden. Er wurde bei uns gefunden, obwohl sein Volk mit unserer Rasse im Krieg liegt. Damit gilt er automatisch als Verräter. Ausnahmen gibt es nicht.«

Shea warf einen Blick auf Keltset. Der riesenhafte Troll saß in der Mitte der Versammlung, ohne sich zu regen, während die Stimme des Stabträgers monoton weitersprach. Wir haben uns geirrt, dachte Shea. Keltset hat mich und Panamon nicht verraten. Aber weshalb hatte er zugelassen, daß sie sich ohne Gegenwehr ergaben, wenn er wußte, daß auch sein Leben verwirkt war?

»Was werden sie mit ihm machen, wenn sie entscheiden, daß er ein Verräter ist?« fragte er.

Panamon zuckte die Achseln.

»Ich weiß, was du denkst.« Die Stimme des Diebes klang erregt. »Er setzt alles auf eine Karte. Wenn er für schuldig befunden wird, stößt man ihn augenblicklich die nächste Klippe hinunter.« Er machte eine Pause und sah Shea an. »Wir können ihm nicht helfen.«

Sie verstummten, als der Sprecher seine Rede beendete und sich wieder setzte. Dann trat ein anderer Troll vor die drei Wimpelträger, bei denen es sich wohl um die Richter handelte, und gab eine kurze Erklärung ab. Ihm folgten mehrere Stammesgenossen, die alle auch kurze Ansprachen hielten und auf Fragen der Richter antworteten. Shea verstand kein Wort, vermutete aber, daß es sich bei den Befragten um Angehörige des Trupps handelte, dem er und seine Begleiter in die Hände gefallen waren. Das Wechselgespräch schien sich endlos fortzusetzen. Keltset bewegte keinen Muskel.

Shea betrachtete den ausdruckslosen Riesen und konnte nicht begreifen, warum er zugelassen hatte, daß sich die Dinge so entwickelten. Shea und Panamon wußten schon seit geraumer Zeit, daß Keltset kein gewöhnlicher Ausgestoßener war, vertrieben von seinem Volk. Er war auch nicht einfach der Dieb und Abenteurer, als den Panamon ihn ursprünglich dargestellt hatte. In den seltsam sanften Augen leuchtete hohe Intelligenz, die ein unausgesprochenes Wissen über das Schwert von Shannara, den Dämonen-Lord und selbst Shea verriet. Im Herzen des Riesen war etwas Tiefgründendes verborgen. Wie bei Allanon, dachte Shea plötzlich. Auf irgendeine Weise waren beide der Schlüssel zum Geheimnis des Schwerts von Shannara. Shea empfand das als unheimliche Offenbarung und schüttelte den Kopf, aber es blieb keine Zeit für weitere Überlegungen mehr.

Die Zeugen waren befragt, und die drei Richter forderten den Angeklagten nun auf, sich zu verteidigen. Einen schier endlosen Augenblick herrschte lastendes Schweigen, als die Richter, die versammelten Trolle und die beiden Männer darauf warteten, daß Keltset aufstand und reagierte. Der Riesen-Troll saß immer noch regungslos da, wie von einer tiefen Trance erfaßt. Shea wurde von dem wilden Drang geschüttelt, irgend etwas zu tun, aufzuspringen, zu schreien, nur, damit diese unerträgliche Stille nicht länger anhielt, aber seine Kehle war wie zugeschnürt. Die Sekunden verrannen. Dann erhob sich Keltset ganz plötzlich.

Er stand auf, reckte sich und nahm plötzlich die Haltung eines Wesens an, das mehr war als ein Sterblicher. Stolz trat er der Versammlung und den Richtern gegenüber. Er griff unter den breiten Ledergürtel und zog eine schwarze Metallkette mit Anhänger heraus. Er hielt sie kurze Zeit in den Händen. Die Richter rissen die Augen auf. Shea sah ein Kreuz in einem Kreis, dann hob der Riese die Kette über den Kopf und legte sie sich um den Hals.

»Bei den Göttern, denen wir das Leben verdanken . . . ich kann es nicht fassen«, flüsterte Panamon.

Die Richter standen entgeistert auf. Als Keltset sich langsam herumdrehte, stießen die versammelten Trolle verwunderte Rufe aus, sprangen auf und deuteten wild auf den leidenschaftslosen Riesen in ihrer Mitte. Shea schaute mit offenem Mund zu.

»Panamon, was hat das zu bedeuten?« fragte er schließlich.

Der Lärm wurde immer größer, alles schrie durcheinander, und Panamon Creel war plötzlich auf den Beinen. Er legte eine Hand auf Sheas schmale Schulter.

»Ich kann es nicht glauben«, sagte der Dieb freudig. »Die ganzen Monate hindurch habe ich nichts davon geahnt. Das hat er die ganze Zeit über vor uns geheimgehalten, Shea. Deshalb ließ er zu, daß man uns gefangennahm. Aber es muß noch mehr . . .«

»Wollt Ihr mir vielleicht endlich verraten, was hier vorgeht?« stieß Shea hervor.

»Der Anhänger, Shea – das Kreuz im Kreis!« antwortete Panamon. »Das ist der Schwarze Irix, die höchste Auszeichnung, die größte Ehre, die das Troll-Volk einem aus seiner Mitte erweisen kann. Wenn man in einer ganzen Lebensspanne drei verliehen sieht, ist das ungewöhnlich. Um seiner würdig zu sein, muß man das Abbild all dessen sein, was die Troll-Nation verehrt und erstrebt. Man muß beinahe ein Gott sein. Irgendwann in seiner Vergangenheit hat Keltset sich diese Auszeichnung verdient – und wir ahnten nichts davon.«

»Aber was wird man nun dazu sagen, daß er in unserer Gesellschaft gefunden wurde?«

»Jeder, der den Irix trägt, ist unfähig, sein Volk zu verraten«, sagte Panamon. »Die Ehre bringt grenzenloses Vertrauen mit sich. Der Träger würde niemals die Gesetze seines Volkes übertreten – man hält ihn nicht einmal für fähig, an derlei zu denken. Man glaubt, der Bruch des Vertrauens würde gräßlichste Strafen nach sich ziehen, andauernd in alle Ewigkeit. Kein Troll würde das für möglich halten.«

Shea starrte wie betäubt auf Keltset, während das Geschrei unvermindert weiterging. Der Riesen-Troll hatte sich seinen Richtern zugewandt, die vergeblich bemüht waren, die Ruhe wiederherzustellen. Es dauerte noch eine ganze Weile, bis der Lärm sich so weit gelegt hatte, daß man einzelne Stimmen verstehen konnte. Die Trolle setzten sich und warteten auf Keltsets Mitteilungen, die er in Taubstummensprache geben mußte. Es gab eine Pause, bis ein geeigneter Mann, der seine Zeichensprache übersetzen konnte, auftauchte. Dieser Mann faßte alles in die Troll-Sprache. Es gab einen kurzen Wortwechsel mit einem der Richter, von dem Shea natürlich nichts verstand, aber zum Glück hatte Panamon schon damit begonnen, Shea zuzuflüstern, was sich zutrug.

»Er hat ihnen gesagt, daß er aus Norbane kommt, einer der größeren Troll-Städte im Charnal-Gebirge, hoch im Norden. Sein Familienname ist Mallicos – er gehört einer uralten und ehrenreichen Familie an. Aber alle ihre Angehörigen sind getötet worden, vermutlich von Zwergen, die den Versuch unternahmen, die Stadt zu plündern. Der Richter fragte Keltset, wie er entkommen sei; man hatte auch ihn für tot gehalten. Es muß sich um ein furchtbares Blutbad gehandelt haben, wenn die Nachricht davon bis hierher gedrungen ist. Aber – paß auf, Shea, du wirst staunen! Keltset sagt, die Abgesandten des Dämonen-Lords hätten seine Familie ausgerottet. Die Schädelträger seien vor fast einem Jahr nach Norbane gekommen, hätten die Herrschaft an sich gerissen und die Troll-Armeen unter ihr Kommando gezwungen. Es sei ihnen gelungen, fast die ganze Stadt davon zu überzeugen, daß Brona von den Toten wiederauferstanden sei, daß er Jahrtausende überlebt habe und von sterblichen Händen nicht getötet werden könne. Die Familie Mallicos sei eine der herrschenden Familien in Norbane gewesen und habe sich geweigert, mit den Abgesandten des Dämonen-Lords gemeinsame Sache zu machen. Sie habe vielmehr verlangt, daß die Stadt sich gegen den Dämonen-Lord stelle. Keltsets Wort habe Gewicht besessen, weil er Träger des Schwarzen Irix gewesen sei. Der Dämonen-Lord habe die ganze Familie Mallicos ausrotten lassen, mit Ausnahme Keltsets, den er in seine Festung bringen ließ. Die Geschichte mit den Plünderern war eine Täuschung, um die Trolle dazu zu bewegen, daß sie sich der Invasion des Südlandes anschlossen.

Keltset gelang es jedoch, zu entkommen, bevor man ihn einsperren konnte, und er wanderte nach Süden, bis ich auf ihn stieß. Der Dämonen-Lord hatte befohlen, seine Stimme wegzubrennen, damit er sich keinem Lebewesen mehr mitteilen könne, aber Keltset lernte die Zeichensprache. Er wartete auf die Gelegenheit, ins Nordland zurückzukehren . . .«

Einer der Richter stellte eine Frage, und Panamon übersetzte.

»Der Richter hat gefragt, warum er jetzt zurückgekehrt sei.

Unser großer Freund sagt, er habe von Bronas Angst vor der Macht des Schwertes von Shannara gehört wie auch von der Legende, daß ein Sohn des Hauses Shannara erscheinen werde, um das Schwert zu ergreifen . . .«

Panamon verstummte, als der Dolmetscher sich Keltset zuwandte. Zum erstenmal blickte der riesige Troll zu Shea hinüber. Der junge Mann fröstelte. Dann begann Keltset wieder zu gestikulieren. Panamon zögerte einen Augenblick und sagte dann leise: »Er sagt, sie müßten mit ihm ins Schädelreich ziehen, und im Inneren der Festung würdest du, Shea, den Dämonen-Lord vernichten!«

4

Palance Buckhannah starb im Morgengrauen. Der Tod kam leise, fast unerwartet, als die ersten blassen Strahlen der Sonne sich suchend in das Dunkel am östlichen Horizont vortasteten. Palance starb, ohne noch einmal zu Bewußtsein gekommen zu sein. Als Balinor die Nachricht erhielt, nickte er nur und wandte sich ab. Seine Freunde zögerten, bis Höndel ihnen mit einer Geste gebot, ihn allein zu lassen. Sie versammelten sich im Korridor vor dem Sterbezimmer und besprachen sich mit gedämpften Stimmen. Balinor war der Letzte der Buckhannahs. Wenn er in der bevorstehenden Schlacht fiel, würde die Familie vom Erdboden verschwunden sein. Nur die Geschichte würde ihren Namen vermerken.

In derselben Stunde begann der Ansturm auf Tyrsis. Auch er kam leise, geboren in der ersterbenden Nacht. Die Soldaten der Grenzlegion starrten hinab auf die graue Ebene vor den mächtigen Stadtmauern, und das Licht der aufgehenden Sonne zeigte die gigantische Nordland-Armee, sich erstreckend bis hin zum fernen Mermidon. Die exakt ausgerichteten Formationen teilten das dunkle Grün des Graslandes in ein Schachbrettmuster. Noch stand die riesige Armee regungslos in der Ebene unterhalb der Stadt, während die Morgendämmerung aus den Schatten der Dunkelheit Gestalten aus Fleisch und Blut, Eisen und Stahl hervortreten ließ. Aber nun rückte sie gegen die Verteidiger von Tyrsis vor. Die Stille wurde zerrissen vom Dröhnen der Gnomen-Kriegstrommeln, deren tiefer, pulsierender Rhythmus unheildrohend von den Steinmauern der Stadt widerhallte.

Die Nordländer kamen langsam und stetig heran, ihr Marschtritt dröhnte im Takt zum Trommelschlag, während Metall auf Metall klirrte, als Waffen und Rüstung kampfbereit gemacht wurden. Sie kamen stumm, Tausende und Abertausende, gesichtslose, gepanzerte Gestalten im Zwielicht des Morgens. Unförmige Rampen aus Holzstämmen, zusammengehalten von Eisenbändern, ächzten und knarrten auf riesenhaften Rädern, dienten als bewegliche Aufstiegshilfen zu den Höhen der befestigten Stadt.

Die Minuten verrannen, als die gigantische Streitmacht bis auf hundert Meter an die wartende Legion heranrückte. Das Dröhnen der Trommeln wurde lauter. Im Osten zeichnete sich der Rand der Sonnenscheibe scharf ab, und auch im Westen wich die Nacht. Die Trommeln verstummten plötzlich, und die Armee kam zum Stillstand. Einen Augenblick lang lastete tiefe Stille über dem Schauplatz. Dann stieg aus den Kehlen der Angreifer ohrenbetäubendes Gebrüll empor, und die Sturmwelle flutete heran, um über der Legion zusammenzuschlagen.

Unter dem geschlossenen Tor der hohen Außenmauer starrte Balinor hinaus auf das ungeheure Spektakel. Sein Gesicht war ausdruckslos, seine Stimme klang ruhig und fest, als er seine Meldegänger ausschickte, Acton und Fandwick an der linken, Messaline und Ginnisson auf der rechten Flanke zu verständigen. Sein Blick richtete sich sofort wieder auf die anrückende Armee. Hinter den hastig aufgeworfenen Schanzen warteten die Bogen- und Speerschützen der Legion gespannt auf sein Kommando. Balinor wußte, daß sie sogar diesen mächtigen Ansturm abschlagen konnten, aber zuerst mußten die fünf breiten Rampen zerstört werden, die langsam an die Klippe heranrollten. Er hatte vorausgesehen, daß man solche Geräte einsetzen würde, um das Plateau zu erklimmen, so, wie der Feind vorausgesehen hatte, daß Balinor die zur Stadt hinaufführende Straßenrampe zerstören würde. Die Vorhut der Nordland-Armee war auf fünfzig Meter an die Klippe herangekommen, und noch immer wartete der neue König von Callahorn ab.

Dann öffnete sich plötzlich der Boden unter den Füßen der anstürmenden Feinde, und große Löcher gähnten, als die Angreifer schreiend in den Ring getarnter Gruben um den Fuß der Klippe stürzten. Zwei von den gigantischen rollenden Rampen kippten in die riesigen Fallgruben, die Räder wurden abgesprengt, die Stämme barsten. Die erste Welle des feindlichen Angriffs kam zum Erliegen, und auf den Schanzen erhoben sich, als Balinor endlich das Zeichen gab, die Bogenschützen der Legion, um in die Reihen des plötzlich verwirrten Gegners zu schießen. Tote und Verwundete kollerten hilflos durcheinander und wurden niedergetrampelt, als die zweite Welle des Angriffs über sie hinwegbrandete.

Drei von den mächtigen Rampen waren den versteckten Gruben entgangen und rollten unbehindert auf die Schanzen zu. Die Bogenschützen der Legion feuerten einen Hagel brennender Pfeile auf die verwundbaren Holzrampen ab, aber Dutzende behender gelber Gestalten kletterten an den aufflammenden Gerüsten hinauf und löschten die Brände. Inzwischen waren auch die Bogenschützen der Gnomen in Stellung gegangen, und minutenlang überschütteten sich beide Seiten mit einem Regen von Pfeilen. Die ungeschützten Gnomen auf den Rampen wurden reihenweise niedergemäht. Überall stürzten schreiende Gestalten in die Tiefe. Die Verwundeten der Legion wurden von den niedrigen Schanzen vor weiteren Treffern geschützt und konnten behandelt werden. Aber die getroffenen Nordländer lagen hilflos auf freiem Feld, und Hunderte wurden getötet, bevor man sie in Sicherheit zu bringen vermochte.

Die drei unversehrten Rampen rollten noch immer auf den Fuß der befestigten Klippe zu, wenngleich eine von ihnen bereits in hellen Flammen stand und der dicke Rauch im weiten Umkreis die Sicht behinderte. Als die beiden anderen Rampen bis auf zwanzig Meter an die Schanzen herangekommen waren, gab Balinor erneut ein Zeichen. Man kippte riesige Kessel voll Öl und schüttete den Inhalt in einem Sturzbach hinunter auf die anrollenden Rampen. Bevor die Gegner Gelegenheit fanden, auszuweichen, wurden brennende Fackeln in das Öl geworfen, und die ganze Umgebung verschwand in einem Meer aus Flammen und wirbelndem, schwarzem Rauch.

Der Ansturm kam ins Stocken, als die nachrückenden Reihen vor der Flammenwand entsetzt zurückwichen. Die vordersten Reihen der Feinde verbrannten bei lebendigem Leib; nur wenigen gelang es, der Katastrophe zu entrinnen. Der Wind blies den schwarzen Rauch schräg über das freie Land nach Westen, und für eine längere Zeit waren die Mitte und die linke Flanke der beiden großen Armeen einander aus dem Blickfeld entschwunden, während die Verwundeten und Sterbenden hilflos inmitten der sie erstickenden Rauchschwaden lagen.

Balinor erkannte seine Chance augenblicklich. Ein kraftvoller Gegenstoß mochte den Angriff ganz zum Stehen bringen und den Feind zur Flucht zwingen. Er sprang auf und gab Janus Senpre oben auf der Außenmauer ein Zeichen. Augenblicklich öffneten sich die hohen Stadttore nach außen, und das berittene Regiment der Grenzlegion, bewaffnet mit kurzen Schwertern und langen Hakenpiken, galoppierte hinaus und bog scharf nach links ab, um dem freien Weg entlang der Stadtmauer zu folgen. Binnen weniger Augenblicke hatten die Reiter die linke Flanke der Verteidigungslinie erreicht, wo Acton und Fandwick das Kommando über die Soldaten führten. Man ließ eine Rampe hinab zur rauchverhüllten Ebene, und die von Acton geführten Reiter donnerten hinunter und ritten in weitem Bogen nach links.

Balinors Plan sah vor, daß das berühmte Regiment die Rauchwand umgehen und den Feind an dessen rechter Flanke überraschend angreifen sollte. Wenn die Nordländer sich dieser Attacke stellten, wollte Balinor ein Regiment von Fußsoldaten an der entblößten Frontseite des Gegners einsetzen und ihn zum Mermidon zurücktreiben. Sollte der Gegenangriff ins Stocken kommen, brauchten die beiden Regimenter aus der Stadt sich nur in den schützenden Rauch zurückzuziehen und über die Rampen auf die Klippe zurückzukehren. Es war ein gewagtes Spiel. Die Nordland-Armee besaß eine zahlenmäßige Überlegenheit von mindestens zwanzig zu eins, und wenn die Soldaten von Tyrsis abgeschnitten wurden, war ihr Schicksal besiegelt.

Kleine Trupps von Legionären waren an der linken Flanke bereits über die fahrbare Rampe hinabgeeilt und unternahmen einen kurzen Vorstoß gegen die feindlichen Reihen, um die einzige Verbindung des berittenen Regiments mit der belagerten Stadt aufrechtzuerhalten. Im Augenblick sah es so aus, als sei der Feind auf der linken Flanke völlig verschwunden, eingehüllt vom Rauch, der in dichten Wolken von den brennenden Fahrrampen in der Mitte der Abwehrlinie herabquoll.

Auf der rechten Abwehrflanke wurde mit großer Heftigkeit gekämpft. Nur ein leichter, dahintreibender Rauchschleier behinderte die Sicht der beiden Armeen an dieser Stelle. Der Angriff des Nordland-Heeres setzte sich deshalb hier unvermindert fort. Die Bogenschützen der Legion hatten die erste Angriffswelle dezimiert, aber die zweite Welle hatte den Fuß der Klippe erreicht und versuchte mit Hilfe von primitiven Sturmleitern die befestigten Höhen zu gewinnen. Reihen von Gnomen schossen Hunderte von Pfeilen in die Schanzen, um die Verteidiger lange genug niederzuhalten und den eigenen Sturmtruppen die Abwehrlinien der Stadt überwinden zu helfen. Die Bogenschützen der Legion schossen zurück, während ihre Kameraden eiserne Piken einsetzten, um die emporkletternden Feinde abzuwehren.

Es war ein langer, blutiger Kampf ohne Gnade. An einer Stelle brach ein besonders kampfstarker Trupp von Berg-Trollen durch die Abwehrlinie der Legion und erreichte die Klippe. Ein heftiges Gefecht entbrannte für kurze Zeit, als Ginnisson, das Gesicht so rot wie seine Haare, die mächtigen Trolle attackierte; im blutigen Kampf, Mann gegen Mann, vernichteten die Legionäre den kleinen Trupp und schlossen die Bresche wieder.

Auf der Krone der hohen Außenmauer standen vier alte Freunde bei Janus Senpre und verfolgten das grausige Schauspiel. Höndel, Menion Leah, Durin und Dayel waren in der Stadt zurückgelassen worden, um den Verlauf der Schlacht zu beobachten und Balinor bei der Koordinierung seiner Einsätze zu unterstützen. Die Rauchwolken behinderten den König in der Sicht erheblich, und nur Beobachter auf der hochragenden Mauer konnten den erforderlichen Überblick gewinnen, so daß er in die Lage versetzt wurde, im richtigen Augenblick die richtigen Einsatzbefehle zu geben. Der König verließ sich vor allem auf Höndels Urteilsvermögen, denn der schweigsame Zwerg war seit nahezu dreißig Jahren an den Grenzkriegen im Anar beteiligt gewesen.

Der grauhaarige Jäger, der Südlandbewohner und die beiden Elfenbrüder starrten sorgenvoll auf das Panorama. An der rechten Abwehrflanke tobten die schwersten Kämpfe; die Nordländer, immer noch bemüht, die Höhen zu erreichen, bedrängten die Legion an dieser Stelle auf das gefährlichste. Die Grenzlegion hielt stand, aber es bedurfte allen Einsatzes, die heftigen Angriffe abzuwehren. Die Ebene unmittelbar unter dem Stadttor in der Mitte der Schanzen war eingehüllt von Rauchwolken der brennenden Rampen, die zu gewaltigen Haufen flammender Baumstämme zerfallen waren. An den Rändern des Rauchfeldes versuchten die Nordländer vergeblich, Ordnung in ihre Reihen zu bringen, um den zum Stillstand gekommenen Angriff wieder fortzuführen. Auf der linken Seite waren die Reiter der Legion aus der Deckung des wallenden schwarzen Rauches geprescht und begegneten erstmals ernsthaftem Widerstand.

Eine große Abteilung Gnomen-Kavallerie war an der rechten Angriffsflanke stationiert worden, um Manöver von ebender Art, wie die Verteidiger sie jetzt unternahmen, abzuwehren. Die Nordländer hatten sich dearauf verlassen, einen Gegenstoß rechtzeitig erkennen zu können, und wurden so gänzlich überrascht. Die schlecht ausgebildeten Gnomen-Reiter stoben vor den angreifenden Legionären auseinander, und der Angriff auf die entblößte Flanke der Nordland-Armee gewann nun erst an Stoßkraft. Das legendäre Regiment schwärmte weit nach Norden aus, die Reiter senkten die Hakenpiken und bildeten eine drei Säulen tiefe Mauer, bevor sie gegen den verblüfften Feind anrannten. Acton führte seine Leute in einer genau geplanten Aktion, und der Vorstoß drang tief ein in die entblößte Flanke, so daß der Gegner bedrohlich ins Schwanken geriet. Während die kleine Gruppe auf der Mauer erwartungsvoll zusah, gruppierte der Feind auf seiner äußersten rechten Seite hastig um, aber Hondel gab Balinor unter ihm auf der Stelle ein Zeichen. Man ließ aus der Mitte der Verteidigungslinie eine zweite Rampe hinab, und an der Spitze eines zweiten Regiments tauchte Messaline auf. Die Soldaten stürmten zu Fuß hinunter zum rauchbedeckten Grasland. Eine Nachhut blieb am Fuß der fahrbaren Rampe zurück, während das zweite Regiment im Dunst verschwand. Balinor schloß seine Reihen wieder und gesellte sich zu seinen Freunden auf der großen Mauer, um das Ergebnis seines Gegenangriffs zu betrachten.

Dieser wurde perfekt ausgeführt. Gerade als die überraschte rechte Flanke des riesigen Nordland-Heeres schwenkte, um dem Angriff der berittenen Legionäre zu begegnen, brachen die Fußsoldaten Messalines aus dem Rauch in der Mitte der Abwehrlinie hervor. In einer eng zusammengedrängten Phalanx, mit einem Wald von Speeren zwischen den dicht an dicht stehenden Schilden, rückten die erfahrenen Legionäre gegen die Mitte des unvorbereiteten und verwirrten Feindes vor. Die Nordländer wurden zurückgetrieben wie Vieh, und bei jedem Schritt wurden

Dutzende getötet oder verwundet. Die Reiter, die Acton führte, setzten auf der linken Seite nach. Der ganze rechte Flügel des Gegners brach zusammen, und die Entsetzensschreie wurden so schrill, daß selbst der heftige Angriff auf der rechten Verteidigungslinie ins Stocken geriet, denn die Nordland-Soldaten dort starrten immer wieder nach Westen, vergeblich bemüht, zu entdecken, was sich abspielte. Menion Leah auf der Mauer konnte kaum mehr an sich halten.

»Unglaublich! Die Legion treibt den Gegner wahrhaftig zurück! Der Feind ist geschlagen!«

»Noch nicht«, sagte Höndel halblaut. »Die eigentliche Nagelprobe kommt gleich.«

Der Prinz von Leah blickte wieder auf den Kampfplatz. Die Nordland-Armee wich noch immer vor der Attacke der Legion zurück, aber hinter den Linien des sich zurückziehenden Feindes regte sich neue Aktivität. So leicht gab sich die Armee des Dämonen-Lords nicht geschlagen; was ihr an Erfahrung und Ausbildung fehlte, machte sie durch ihre Größe wett. Schon machte sich eine riesige Einheit von berittenen Gnomen bereit, die auf dem Rückzug befindlichen eigenen Fußsoldaten aufzuhalten und der Attacke der Legionskavallerie zu begegnen. Die Gnomen nahmen unmittelbar nördlich von Actons Reitern Aufstellung; unterstützt von mehreren Reihen Bogenschützen und Katapulteuren gingen sie zum Angriff über. Hinter der feindlichen Armee hatte sich eine ungeheure Streitmacht hoher Gestalten, die von Kopf bis Fuß gepanzert waren, formiert und stieß durch die eigenen, wankenden Reihen vor zu den Fußsoldaten der Legion. Einen Augenblick lang starrten die Männer auf der Mauer prüfend hinunter, dann zuckten sie zusammen, als sich die gepanzerten Krieger plötzlich mit Piken und Schwertern durch die zurückflutenden eigenen Reihen einen Weg nach vorne bahnten, niederhauend, was sich nicht schnell genug zur Seite warf.

»Berg-Trolle!« rief Balinor. »Sie werden Messaline und alle seine Leute vernichten. Gebt das Zeichen für den Rückzug,

Janus!«

Der junge Kommandeur zog an einer Fahnenstange einen großen, roten Wimpel auf. Menion Leah starrte den König von Callahorn an. Es hatte so ausgesehen, als sei die Schlacht beinahe gewonnen, und trotzdem befahl Balinor den Rückzug. Menion begegnete dem Blick des Königs, aber dieser lächelte, als er die fragenden Augen seines Kampfgenossen sah.

»Berg-Trolle sind von klein auf für den Kampf ausgebildet – sie kennen nichts anderes. Beim Kampf von Mann gegen Mann sind sie sogar den Legionären überlegen. Sie sind besser ausgebildet und körperlich weitaus stärker. Wir haben keine Chance, wenn wir die Attacke fortsetzen. Wir haben dem Feind bereits schwere Verluste zugefügt und halten nach wie vor die Klippe. Wenn wir den Sieg erringen wollen, müssen wir das Schritt für Schritt versuchen.«

Menion nickte verständnisvoll. Balinor winkte seinen Freunden kurz zu und kehrte wieder auf seinen Posten zurück. Im Augenblick kam es ihm darauf an, den Rückzugsweg für seine beiden Regimenter offenzuhalten, und das verlangte eine erfolgreiche Verteidigung der fahrbaren Rampen, der einzigen Verbindung zwischen den Soldaten und ihrer Stadt. Balinor Menion sah der breiten Gestalt nach und wandte seine Aufmerksamkeit wieder dem Kampf zu. Das Blutbad auf der Ebene war grauenhaft. Von der Klippe bis zu den hinteren Linien des Nordland-Heeres lagen überall Tote und Verwundete. Es war das schrecklichste Gemetzel, das irgendeiner der Beobachter je gesehen hatte, und sie verfolgten den Fortgang der Feindseligkeiten bedrückt und sprachlos.

In größerer Entfernung hatten die Fußsoldaten der Legion unter Messalines Kommando mit dem geordneten Rückzug begonnen, aber den riesenhaften Berg-Trollen war es beinahe schon gelungen, die durcheinanderwogenden Reihen ihrer eigenen Verbündeten zu durchstoßen, um die verhaßten Bewohner von Tyrsis zu verfolgen. Während die Fußsoldaten sich noch ohne

Gegenwehr zurückzogen, war das berittene Regiment auf unerwarteten Widerstand der angreifenden Gnomen-Reiter gestoßen. Die beiden Einheiten lieferten sich auf der linken Seite der vorrückenden Trolle heftige Kämpfe. Acton war offenbar nicht fähig oder nicht bereit, sich von den Angreifern zu lösen. Seine Reiter waren so einem verheerenden Kreuzfeuer der Gnomen-Bogenschützen ausgesetzt. Ein großer Trupp von Gnomen- und Trollen-Schwertkämpfern hatte sich zusätzlich hinter den angreifenden Reitern zum Kampf bereitgestellt, und Actons Leute sahen sich plötzlich auf drei Seiten eingeschlossen.

Höndel stieß zornige Laute aus. Zum erstenmal begann Menion sich Sorgen zu machen. Selbst Janus Senpre ging nervös hin und her. Einen Augenblick später bestätigten sich ihre schlimmsten Befürchtungen. Die nachsetzende Troll-Einheit, noch kampffrisch, war so schnell vorgestürmt, daß die sich zurückziehenden Legionäre, erschöpft von ihrem Gegenangriff, die Stadt nicht zu erreichen vermochten. Hundert Meter vor der Rampe mußten sie sich zum Kampf stellen. Der wallende Rauch schob sich wie eine schwarze Wand vor die niedrigen Schanzen und nahm Balinor jede Sicht, aber den entsetzten Männern auf der Mauer entging von den schrecklichen Ereignissen nichts.

»Ich muß Balinor warnen!« schrie Höndel plötzlich und sprang von der Brustwehr herunter. »Die ganze Einheit wird sonst aufgerieben!«

Janus Senpre folgte ihm. Menion und die beiden Elfen blickten weiterhin hilflos zu, wie die riesigen Berg-Trolle gegen Messalines erschöpfte Leute anstürmten. Die Soldaten der Legion hatten sich mit Schildern und Speeren eingeigelt. Auch die Trolle hatten eine Schlachtformation gebildet, etwas breiter als lang. Es gab keinen Zweifel daran, daß sie von drei Seiten auf die Südländer losstürzen und sie überwältigen wollten. Menion blickte hastig über die Mauer, aber Balinor hatte sich nicht bewegt; er ahnte noch immer nicht, daß ein ganzes Regiment in Gefahr war, vernichtet zu werden.

Als Menion den Blick wieder auf die Walstatt richtete, erreichten Höndel und Janus gerade den König und begannen wild zu gestikulieren. Zu spät, dachte Menion dumpf. Es war schon zu spät.

Aber plötzlich geschah etwas Seltsames. Actons Kavallerie, von den Beobachtern auf der Mauer vorübergehend aus den Augen gelassen, löste sich plötzlich von den angreifenden Gnomen, wendete und stürmte auf die Trolle von hinten los. Im Galopp brachen sich die Reiter Bahn durch die Reihen der Gnomen. Ohne der Pfeile der Bogenschützen zu achten, hetzten sie auf die vorrückenden Trolle zu. Mit gesenkten Piken traf das Regiment auf die rückwärtigen Reihen der Troll-Phalanx. Die riesigen Trolle wurden überrascht, und Dutzende stürzten zu Boden, durchbohrt von den Piken.

Aber die Berg-Trolle galten nicht umsonst als die besten Kämpfer der Welt. Sie fingen sich rasch, schlossen ihre Reihen und stellten sich der neuen Bedrohung. Als Actons Reiter wieder nach Westen schwenkten und die Nachhut der Trolle erneut angriffen, schlugen die Nordländer mit Piken und Streitkolben brutal zurück. Über ein Dutzend Reiter sank leblos aus den Sätteln, und eine gleiche Anzahl hing verwundet auf den Pferden, als das Regiment nach Osten stürmte und dann nach Süden abbog, um die Sicherheit von Tyrsis zu gewinnen.

Acton hatte aber seinen Zweck erreicht; die im richtigen Augenblick erfolgte Attacke hatte es Messalines bedrängtem Regiment ermöglicht, plötzlich zum schützenden Rauch durchzubrechen. Das Manöver war glänzend gelungen, und die Zuschauer auf der Mauer stießen Rufe der Bewunderung aus.

Obschon von den vordersten Reihen der wutentbrannten Berg-Trolle verfolgt, waren die Fußsoldaten der Legion in den tarnenden Rauch entkommen, und die meisten gelangten, unterstützt von Balinor, der Entsatz brachte, sicher zur Rampe. Am Fuß der Klippe kam es noch einmal zu heftigen Kämpfen, als das Regiment sich bemühte, die herabgelassene Brückenrampe hinaufzuziehen, bevor der Gegner sie erobern konnte. Schließlich wurde sie einfach von den Schanzen abgetrennt und stürzte hinunter auf die Ebene, wo sie nur Augenblicke liegenblieb, bevor die Tyrsianer sie in Brand steckten und vernichteten.

An der linken Abwehrflanke kämpfte die bedrängte Nachhut tapfer, um die andere Rampe zu halten, als Actons Regiment erneut an den Bogenschützen der Gnomen vorbeigaloppierte und wieder Verluste hinnehmen mußte. Der Kampf tobte unablässig, und an einer Stelle mußten die Reiter durch die Mitte einer Reihe von Schwertkämpfern stoßen, die ihnen den Fluchtweg abschneiden wollte. Aber endlich erreichten die dezimierten Reiter die Klippe, galoppierten die Rampe hinauf und jagten auf das offene Stadttor zu, wo sie von Massen jubelnder Soldaten und Bürger empfangen wurden. Als der letzte Reiter die Höhe gewann, zog sich die Nachhut schnell hinter ihre Schanzen zurück, und die Rampe wurde in Sicherheit gebracht.

Inzwischen war es Mittag geworden, und die Hitze der Sonne legte sich wie eine feuchte Decke über die Soldaten beider Armeen. Düster und widerwillig zog das Nordland-Heer sich zurück, um neue Aufstellung zu nehmen, Hunderte von Toten und Verwundeten mit sich schleppend. Der Rauch vom brennenden Öl hing in Schwaden über dem Grasland, das nun von unheimlicher Stille erfüllt war. Der Erdboden vor der Klippe war übersät mit verkohlten Leichen, und überall loderten noch kleine Brände, wo die Stämme der zerstörten Rampen sich in Asche auflösten. Ein fauliger Gestank stieg vom Schlachtfeld auf, und Aasfresser, die krochen und flogen, tauchten auf, um sich gütlich zu tun. Die Armeen standen einander mit unverhülltem Haß gegenüber, erschöpft und von Schmerzen gepeinigt, aber begierig darauf, mit dem Töten fortzufahren. Einige lange Stunden lag das früher grüne Land leer unter dem wolkenlosen blauen Himmel, während die zernarbte Oberfläche in der Hitze der Sommersonne austrocknete. Diejenigen, die zuließen, daß ihre Vernunft sich dem Wunschdenken beugte, gewannen den Eindruck, daß der

Kampf zu Ende war, die Zerstörung sich ausgetobt hatte. Die Gedanken wandten sich vom Töten hoffnungsvoll ab und den Familien und Freunden zu. Der Schatten des Todes verschwand für kurze Zeit.

In den späten Nachmittagsstunden griff die Nordland-Armee jedoch wieder an. Während Reihen von Bogenschützen die niedrigen Schanzen mit Pfeilen beschossen, unternahmen große Trupps von Gnomen und Trollen Vorstöße gegen die Verteidiger, vergeblich bemüht, einen schwachen Punkt zu entdecken. Mit fahrbaren Rampen, kleinen Sturmleitern und Wurfankern mit Seilen, mit allem versuchte man es, um eine Bresche in die Abwehrmauer zu schlagen, aber die Angriffe wurden stets abgewiesen. Die immer wieder vorgetragenen Attacken hatten den Sinn, die Leute von Tyrsis zu zermürben. Der lange Tag neigte sich langsam in der Abenddämmerung, und noch immer tobten die Kämpfe. Sie endeten in Dunkelheit und Tragik für die Grenzlegion. Als sich das Zwielicht auf das blutige Land senkte, flogen ein letztes Mal Speere und Pfeile in dichten Wolken zwischen den erschöpften Armeen hin und her, obschon die Schützen kaum noch etwas sehen konnten. Ein verirrter Pfeil bohrte sich in Actons Kehle, als der Reiterführer der Legion von seinem Posten an der linken Abwehrflanke zurückkehren wollte; der große Kämpfer wurde vom Pferd geschleudert und starb wenige Augenblicke danach in den Armen seiner Kameraden.

Das Königreich des Dämonen-Lords war das unheimlichste, trostloseste Stück Land in der ganzen erforschten Welt – ein nackter, lebloser Ring von unüberwindbaren Todesfallen. Die sanfte, lebensspendende Hand der Natur war von diesem dunklen Reich längst abgezogen, und die Wildnis war eingehüllt in Schweigen. An der Ostgrenze dehnte sich der riesige Malg-Sumpf mit seinem fauligen Gestank und seiner Düsternis, ein grausiges, weitläufiges Moor, das noch kein Lebewesen hatte durchschreiten können. Unter dem seichten Wasser, auf dem farbloser Tang schwamm, der morgens wuchs und abends abstarb, hatte sich die Erde in Schlamm und Treibsand verwandelt, und alles, was in deren Griff geriet, wurde unbarmherzig hinabgezogen. Der Malg-Sumpf galt als bodenlos, und wenn man manchmal auch hier und dort einzelne Stellen fester Erde und riesige, verwitterte Baumstümpfe sehen konnte, gingen auch diese der Reihe nach unter.

Ganz oben im Norden, vom Malg-Sumpf in Richtung Westen, gab es eine Reihe niedriger Bergzüge mit dem passenden Namen »Rasiermesser«. Durch dieses Gebirge führten keine Pässe, und ihre breiten, steil abfallenden Rücken waren schroffe Felsgebilde, wie aus dem Erdinneren hinaufgedrückt. Ein erfahrener und entschlossener Bergsteiger hätte die »Rasiermesser« vielleicht überwinden können – ein, zwei Tollkühne hatten es sogar auch schon versucht –, wären nicht die außerordentlich giftigen Riesenspinnen gewesen, die in ungeheurer Zahl überall im Gebirge lauerten. Die gebleichten Gebeine der Toten, als kleine, weiße Flecken auf dunklem Fels erkennbar, waren stumme Zeugen des Wirkens dieser Biester.

Es gab eine Bresche in dem tödlichen Ring, wo die »Rasiermesser« in den Vorbergen an der Nordwestecke des Reiches ausliefen. Auf eine Strecke von fünf Meilen südwärts war dort das Land begehbar und unmittelbar in das Herz des Barrierenzirkels geöffnet. Hier gab es keinen natürlichen Schutz gegen Eindringlinge, aber die kleine Pforte zum Inneren des Reiches war der einzige Zugang und damit auch die Falltür zu dem Käfig, in dem der Herr und Meister darauf wartete, daß Ahnungslose sich verirrten. Augen und Ohren, die nur auf seinen Befehl hörten, bewachten den schmalen Landstreifen Tag und Nacht. Der Ring konnte augenblicklich geschlossen werden. Unmittelbar unter den Vorbergen erstreckte sich fast fünfzig Meilen weit eine riesige, wasserlose Wüste, »Kierlak« genannt. Ein schwerer, giftiger Dunst hing unsichtbar über den weiten Sandebenen, erstanden aus den Wassern des Flusses Lethe, eines giftigen Stromes, der sich vom Süden träge heraufwand und in einen kleinen See im Inneren mündete. Selbst Vögel, die dem tödlichen Dunst zu nahe kamen, fielen binnen Sekunden leblos vom Himmel. Wesen, die in dem schrecklichen Schmelzofen aus Sand und giftiger Luft starben, zerfielen in Stunden und verwandelten sich in Staub, so daß keine Spur von ihnen blieb.

Die gewaltigste Barriere jedoch erstreckte sich drohend quer über die Südgrenze des verbotenen Gebietes. Sie begann am Südostrand der Kierlak-Wüste und verlief in östlicher Richtung zu den schlammigen Rändern des Malg-Sumpfes. Die Messerkante. Wie riesige Steinspeere, von einem unvorstellbaren Giganten in den Boden gerammt, ragten diese Berge empor. Sie sahen nicht so sehr aus wie Berge, eher wie eine Reihe ungeheurer Gipfelfinger, die den Horizont umkrallten. An ihrem Fuß toste das giftige Wasser des Lethe, der im Malg-Sumpf entsprang und sich nach Westen schlängelte, entlang der gewaltigen Felsschranke, um in die undurchdringlichen Dünste der Kierlak-Wüste aufzugehen. Nur ein von unerklärlichem Wahnsinn Getriebener hätte den Versuch unternehmen wollen, die Messerkante zu erklimmen.

Es gab einen Durchgang in diesem Hindernis, eine kleine, gewundene Schlucht. Sie führte zu einer Reihe schroffer Vorberge, die sich mehrere tausend Meter weit bis zum Fuß eines einzelnen Berges am äußersten südlichen Rand des Ringes erstreckten. Die zernarbte Oberfläche des Berges war von der Zeit und den Elementen angenagt, so daß die Südwand besonders drohend wirkte. Selbst bei der oberflächlichsten Betrachtung fiel einem sofort die erschreckende Ähnlichkeit der Südwand mit einem menschlichen Totenschädel auf. Die Bilder glichen sich: nackt und leblos, die Schädeldecke rund und schimmernd über den leeren Augenhöhlen, die Backen hohl, der Kiefer eine schiefe Reihe von Zähnen und Knochen. Das war das Heim des Herrn und Meisters. Das war das Reich Bronas, des Dämonen-Lords. Allüberall trug es das Zeichen des Totenschädels, das unauslöschliche Siegel des Todes.

Es war Mittag, aber die Zeit schien stillzustehen, und die riesige ausgezehrte Festung war eingehüllt in eine unheimliche Stille. Das vertraute Grau hielt Sonne und Himmel fern, das graubraune Gelände von Fels und Erde ließ kein sterbliches Leben erkennen. Aber an diesem Tag lag doch mehr in der Luft und schnitt durch Stille und Leere in Fleisch und Blut der Männer, die durch den einzigen Zugang in der massiven Messerkante schritten. Es war ein drängendes Gefühl der Eile, das über dem verwitterten Antlitz des Reiches von Brona, dem Dämonen-Lord, hing, so als wären Ereignisse der Zukunft zu schnell durch die Zeit gerast und drängten sich nun in gieriger Erwartung zusammen, um an die Reihe zu kommen.

Die Trolle schlurften durch den gewundenen Canyon, vor den hochragenden Felsen beinahe zwergenhaft klein, wie Ameisen. Sie betraten das Reich der Toten wie kleine Kinder, die in ein fremdes, dunkles Zimmer gehen, innerlich verängstigt, zögernd, aber trotzdem entschlossen, zu sehen, was jenseits der Schwelle lag. Sie wurden nicht aufgehalten, jedoch beobachtet. Man erwartete sie. Ihr Erscheinen kam nicht als Überraschung. Sie näherten sich, ohne in Gefahr zu geraten, von den Gehilfen des Meisters überfallen zu werden. Ihre ausdruckslosen Gesichter tarnten ihre wahren Absichten, sonst wären sie nie über das Südufer des Lethe hinausgekommen. Denn in ihrer Mitte befand sich der Letzte eines Stammes, den der Geister-König ausgerottet geglaubt hatte, der letzte Sohn des Elfen-Hauses Shannara.

Shea marschierte unmittelbar hinter der mächtigen Gestalt Keltsets, die Hände scheinbar hinter dem Rücken gefesselt. Panamon Creel war der Nächste, auch er scheinbar ein Gefangener. Seine scharfen grauen Augen suchten die Felswände zu beiden Seiten der schmalen Schlucht ab. Die List war gelungen. Scheinbar Gefangene der Berg-Trolle, waren die beiden Südländer zum Ufer des Lethe getrieben worden, jenes trägen, stinkenden Flusses an der südöstlichen Grenze des Schädelreiches. Die Trolle und ihre stummen Opfer waren auf eine breite Fähre aus faulendem Holz und rostenden Eisendornen gestiegen, deren stummer

Fährmann eine gebückte Kapuzengestalt war, mehr Tier als Mensch, das Gesicht in den Falten des muffigen, schwarzen Mantels verborgen. Man sah jedoch seine gekrümmten, schuppigen Hände an der Treibstange, als die Fähre langsam durch das giftige Wasser glitt. Die beunruhigten Passagiere spürten ein wachsendes Gefühl des Ekels vor diesem Wesen in sich aufsteigen und waren erleichtert, als seine Gestalt, nachdem sie am anderen Ufer ausgestiegen waren, mit seiner Fähre im Dunst über dem schwarzen Wasser zurückblieb. Das nördliche Tiefland entzog sich ihren Blicken nun ganz, das Nebelgrau dehnte sich überall, so daß jenseits des Flusses nichts mehr zu sehen war. Im Gegensatz dazu ragten die schwarzen Klippen der Messerkante unheimlich vor ihnen auf; die großen Felsenfinger schienen den Nebel im Halblicht des nördlichen Mittags wegzuschieben. Die Gruppe schritt stumm durch den Korridor zwischen den Höhen, der sich tiefer in das verbotene Reich des Dämonen-Lords hineinschob.

Der Dämonen-Lord. Shea hatte das Gefühl, als habe er von Anfang an gewußt, daß alles so kommen würde, schon von jenem Tag an, als Allanon ihn über seine Herkunft aufgeklärt hatte und damit zu rechnen war, daß er eines Tages diesem furchtbaren Wesen gegenübertreten mußte, das alles versuchte, um ihn auszulöschen. Die Zeit und der Ablauf der Dinge verschmolzen zu einem einzigen Augenblick, einem Blitzstrahl wirrer Erinnerungen an die langen Tage der Flucht, mit dem einzigen Ziel, am Leben zu bleiben – und dabei führte nun diese Flucht nur zu dieser schaurigen Begegnung. Der Augenblick rückte immer näher, und Shea würde ihn praktisch allein im barbarischsten Land bestehen müssen, das es in der bekannten Welt gab; seine ältesten, vertrautesten Freunde waren in alle Winde zerstreut, seine einzigen Begleiter ein Trupp von Berg-Trollen, ein Straßenräuber und ein rachsüchtiger, rätselhafter Riese. Keltset war es gewesen, der das Troll-Tribunal dazu bewogen hatte, ihm eine Abteilung von Troll-Kriegern zu unterstellen, nicht so sehr, weil die Trolle wirklich glaubten, der unscheinbare Shea besäße vielleicht die Fähigkeit, den unsterblichen Brona zu vernichten, als vielmehr deshalb, weil Keltset Träger des Schwarzen Irix war, einer Auszeichnung ohnegleichen.

Die drei Richter hatten auch das Schicksal von Orl Fane verkündet. Die Trolle hatten den kleinen Flüchtling etwa eine Stunde vor dem Auftauchen seiner Verfolger gefaßt, und er war unter Bedeckung ins Hauptlager gebracht worden. Das Maturen-Tribunal war schnell zu dem Schluß gelangt, daß der Gnom wahnsinnig sein müsse. Er hatte wirres Zeug gestammelt, von Geheimnissen und Schätzen. Das runzlige, gelbe Gesicht war zu einem gräßlichen, starren Grinsen verzerrt gewesen. Meistens schien er ins Blaue hineinzureden, wobei er heftig die nackten Arme und Beine rieb, als hätten sich an ihnen Lebewesen festgesaugt. Die einzige Verbindung zwischen ihm und der Wirklichkeit schien das alte Schwert zu sein, sein alleiniger Besitz, an den er sich so heftig klammerte, daß er ihm nicht zu entreißen gewesen war. Man erlaubte ihm, das wertlose alte Stück Metall zu behalten, und fesselte seine gekrümmten gelben Hände an die verrostete Scheide. Noch vor Ablauf der ersten Stunde war er nach Norden gebracht worden, zu den Verliesen des Dämonen-Lords.

Die Schlucht wand sich schier endlos zwischen den steilen Felsen dahin und schrumpfte manchmal von einem breiten Weg zu einem Schlitz zwischen den Gesteinsformationen zusammen. Die stämmigen Trolle eilten ohne Rast weiter. Ein paar von ihnen waren hier schon gewesen und führten die anderen mit schnellen Schritten durch die Berge. Eile tat not. Wenn sie zu lange zögerten, würde der Geister-König erfahren, daß Orl Fane und die uralte Waffe, von der er sich nicht trennen wollte, auch nicht für einen Augenblick, in den eigenen Verliesen des Dämonen-Lords untergebracht waren.

Shea schauderte es angesichts dieser Möglichkeit. Der Geister-König mochte sogar schon informiert sein – vielleicht liefen sie dann ihrer eigenen Hinrichtung entgegen. Auf der langen

Reise seit Culhaven schien der Dämonen-Lord über jeden ihrer Schritte vorher bereits unterrichtet gewesen zu sein – jedesmal hatte er sie erwartet. Es war Wahnsinn, dieses furchtbare Risiko einzugehen. Und selbst wenn sie Erfolg haben sollten, selbst wenn Shea wie durch ein Wunder das Schwert von Shannara plötzlich in der Hand hielt ... was dann? Shea schüttelte den Kopf. Konnte er dem Dämonen-Lord gegenübertreten, ohne Allanon neben sich zu haben, ohne eine Vorstellung davon, wie die verborgene Macht des legendären Talismans auszulösen war? Niemand würde auch nur ahnen, daß er das Schwert hatte.

Shea wußte nicht, was die anderen vorhatten, aber er war entschlossen, um sein Leben zu laufen, sollte es ihm gelingen, das Wunderschwert auf irgendeine Weise in die Hände zu bekommen. Alle anderen mochten tun, was sie wollten. Er war überzeugt davon, daß auch Panamon Creel dem Plan zugestimmt hätte, aber seit Antritt der Reise zum Schädelreich hatten die beiden keine zehn Worte mehr miteinander gewechselt. Shea spürte, daß der scharlachrote Dieb zum erstenmal in einem Leben voller Gefahren und Abenteuer Angst hatte. Aber er war mit Keltset und Shea gegangen, weil sie seine einzigen Freunde waren und sein Stolz ihm nichts anderes genehmigte. Sein Grundinstinkt war, zu überleben, aber er ließ nicht zu, daß Schande über ihn kam, auch wenn es ihn das Leben kosten sollte.

Keltsets Gründe für die Beteiligung an dem gefährlichen Unternehmen waren weniger klare. Shea glaubte zu begreifen, warum der Riesen-Troll darauf bestanden hatte, das Schwert von Shannara zurückzuholen; es war viel mehr als persönliche Rache für die Vernichtung seiner Familie. An Keltset war etwas, das Shea an Balinor erinnerte – eine ruhige Zuversicht, die den Schwächeren Beistand verhieß. Shea hatte sie gespürt, als Keltset angezeigt hatte, daß sie Orl Fane und dem Schwert folgen mußten. Die sanften, intelligenten Augen sagten den Talbewohnern, daß sie an ihn glauben durften, und Shea wußte, daß er seinen Troll-Freund begleiten mußte, auch wenn er es nicht vernünftig hätte erklären können. Wenn er sich jetzt zurückzog, nach den langen Wochen der Suche nach dem Schwert von Shannara, verriet er seine Freunde und sich selbst.

Die Felswände an beiden Seiten des Weges traten plötzlich zurück, und die Schlucht öffnete sich auf ein steil abfallendes Tal, das im schroffen Inneren des Schädelreiches wie eine breite Senke wirkte. Die Oberfläche war unfruchtbar und trocken, die Erde übersät mit felsigen Anhöhen und vertrockneten Flußläufen. Die Gruppe blieb stehen, und alle Augenpaare wurden unwillkürlich von dem einzelnen Berg in der Mitte des kleinen Tales angezogen, dessen Südwand sie aus zwei riesigen, leeren Augenhöhlen anstarrte, aus Augenhöhlen eines Totenschädels. Das zernarbte Gesicht wartete in zeitloser Geduld auf das Erscheinen des Meisters. Shea spürte, wie sich ihm die Nackenhaare sträubten und ein kalter Schauer durch seinen ganzen Körper lief.

Aus den Felsen zu beiden Seiten schlurften mißgestaltete, plumpe Erscheinungen, deren riesige Körper mit Gesichtern fast ohne Merkmale so trist waren wie das sterbende Land. Früher einmal mochten sie menschlich gewesen sein, aber nicht länger kam ihnen diese Bezeichnung zu. Sie standen aufrecht auf zwei Beinen, und zwei Arme schwangen nutzlos hin und her, aber damit war es mit der Ähnlichkeit auch schon zu Ende. Ihre Haut hatte die Konsistenz von kreideweißem Kitt und wirkte beinahe gummiartig; sie bewegten sich wie gehirnlose Wesen. Wie Gestalten aus einem furchtbaren Alptraum umringten die seltsamen Wesen die Trolle und starrten leer in ihre Gesichter, als wollten sie prüfen, was für Geschöpfe sich zu ihnen gewagt hatten. Keltset drehte sich zur Seite und sah Panamon Creel an.

»Die Trolle nennen sie Mutens«, flüsterte der Abenteurer. »Nur Ruhe, und vergiß nicht, daß du ein Gefangener bist.«

Eines der mißgeformten Wesen sprach schnarrend auf die Trolle ein und deutete kurz auf die gefesselten Männer. Es gab einen Wortwechsel, dann sagte einer der Trolle über die Schulter etwas zu Keltset, der daraufhin Shea und Panamon bedeutete, ihm zu folgen. Die drei Männer lösten sich von der Hauptgruppe. Begleitet von zwei anderen Trollen folgten sie stumm einem der dahintappenden Muten, der sich umdrehte und schwankend auf die Felswand zu ihrer Linken zuging.

Shea schaute kurz um und sah, daß die Trolle sich zu beiden Seiten des Eingangs niederließen, offenbar entschlossen, auf die Rückkehr ihrer Begleiter zu warten. Die anderen Mutens hatten sich nicht bewegt. Shea richtete den Blick wieder nach vorn und sah, daß die Felswand von einem langen Riß gespalten war, der an die hundert Meter hoch hinaufreichte, und daß man durch die Öffnung hineingelangen konnte. Die kleine Gruppe trat in die Felswand, und die Augen mußten sich an die plötzliche Dunkelheit erst gewöhnen. Sie blieben alle stehen, als ihr Führer eine Fackel entzündete und sie geistesabwesend einem der Trolle reichte, bevor er weiterging. Seine eigenen Augen waren an die Dunkelheit wohl gewöhnt.

Sie traten in eine feuchte, übelriechende Höhle, aus der mehrere Tunnels hinausführten. Aus weiter Ferne glaubte Shea schwache, qualvolle Schreie zu hören, die als Echo von den Felswänden widerhallten. Panamon fluchte rauh im flackernden Licht, sein breites Gesicht war schweißüberströmt. Der stumme, gedankenlose Muten schlurfte voraus in einen der Gänge, und das schwache Licht aus dem Spalt in der Felsmauer erlosch.

Der laute Widerhall von Stiefeln auf Stein war das einzige Geräusch, als die Männer durch den dunklen Gang schritten. Ihre Augen glitten kurz über die fensterlosen Eisentüren im Gestein zu beiden Seiten des Ganges. Die Schreie klangen immer noch schwach in ihren Ohren, aber sie schienen nun aus größerer Entfernung zu kommen. Aus den Zellen, an denen sie vorbeigingen, drangen keine menschlichen Laute.

Ihr Führer blieb endlich vor einer der schweren Türen stehen, gestikulierte kurz und sprach mit gutturaler Stimme auf die Trolle ein. Er wandte sich ab, um weiterzugehen, und hatte den ersten Schritt getan, als der vorderste Troll seinen mächtigen

Streitkolben hob und auf den massigen Schädel des Wesens niedersausen ließ. Der Muten sank leblos zu Boden. Keltset trat an Shea und Panamon heran, um ihnen die Fesseln abzunehmen, während die beiden anderen Trolle wachsam vor der Zellentür standen. Als seine Freunde befreit waren, huschte der riesige Nordländer zur Eisentür und schob die Riegel zurück. Er packte die Gitterstäbe und zerrte an der uralten Tür. Mit einem schrillen Quietschen ging das hohe Portal auf.

»Jetzt werden wir sehen«, stieß Panamon hervor. Er nahm Keltset die Fackel ab und trat vorsichtig in den kleinen Raum, gefolgt von seinen beiden Begleitern.

Orl Fane kauerte an der Rückwand, die mageren Beine angekettet, die Kleidung zerfetzt und beschmutzt. Es war ganz offenkundig nicht dasselbe Wesen, das sie einige Tage zuvor auf der Ebene von Streleheim gefangengenommen hatten. Orl Fane starrte die drei Gestalten vor sich leer an, lallte vor sich hin und grinste auf schreckliche Weise. Seine Augen waren sonderbar groß, und er schaute sich immer wieder um, während er vor sich hinplapperte, so, als seien noch andere in der Zelle, Wesen, die allein er zu sehen vermochte.

Die beiden Männer und der Riesen-Troll erfaßten seinen Zustand mit einem einzigen Blick, und ihre Augen richteten sich sofort auf seine knochigen Hände, die immer noch die verbeulte Scheide aus Leder und Metall umklammerten, in der steckte, was sie so lange gesucht hatten. Der alte Schwertknauf schimmerte stumpf im Licht der Fackel. Sie hatten es gefunden. Sie hatten das Schwert von Shannara gefunden.

Einen Augenblick lang bewegte sich niemand, während der wahnsinnige Gnom das Schwert fester an sich preßte. Seine Augen zuckten, als er den Kopf hob und den gefährlichen Haken an Panamons Armstumpf sah, der sich langsam hob. Der Abenteurer trat drohend vor und beugte sich zum mageren Gesicht des Gnomen hinab.

»Ich habe dich lange gesucht, Gnom«, sagte er rauh.

Orl Fane schien beim Klang von Panamon Creels Stimme einer plötzlichen Verwandlung unterworfen zu sein. Ein Angstschrei entrang sich seinen Lippen, während er sich noch tiefer in den Winkel der Zelle preßte.

»Gib mir das Schwert, du stinkende Ratte!« fuhr ihn Panamon an, packte, ohne auf eine Antwort zu warten, die Waffe und versuchte sie dem entsetzten Gnom zu entreißen. Obwohl ihm aber der Tod ins Angesicht starrte, ließ Orl Fane seinen kostbaren Besitz nicht los. Seine Stimme schwoll zu einem gellenden Schrei an, und Panamon hieb die schwere Eisenkante um seine Hakenhand in plötzlicher Wut auf den Schädel des Gnomen. Orl Fane sank bewußtlos zu Boden.

»Wie lange wir diese elende Kreatur verfolgt haben!« rief Panamon. Er verstummte plötzlich und fuhr mit flüsternder Stimme fort: »Ich dachte, ich würde wenigstens das Vergnügen haben, ihn sterben zu sehen, aber . . . es lohnt nicht mehr.« Angewidert griff er nach dem Knauf des Schwertes, um dieses herauszuziehen aus der Scheide, aber Keltset trat vor und legte warnend die Hand auf seine Schulter. Der Dieb schaute sich zornig um, doch der riesenhafte Troll wies nur stumm auf Shea. Creel begriff und trat ebenso zurück wie Keltset.

Das Schwert von Shannara war Sheas Geburtsrecht, aber er zögerte. Er war so weit gekommen, hatte so vieles durchgemacht für diesen einen Augenblick – und nun packte ihn die Angst. Einen Augenblick lang erwog er, sich zu weigern, weil er wußte, daß ein Teil von ihm die schreckliche Verantwortung, die er übernehmen sollte, nicht zu tragen vermochte – eine Verantwortung, die ihm aufgezwungen worden war. Er entsann sich blitzartig der ungeheuren Kraft der drei Elfensteine. Wie stand es dann um die Macht des Schwertes von Shannara? Er sah vor sich die Gesichter von Flick und Menion und den anderen, die so viel getan hatten, damit er das Schwert zu erlangen vermochte. Wenn er sich jetzt abwandte, verriet er alles, was Bedeutung hatte. Er verriet das Vertrauen der anderen, er sagte ihnen praktisch, es sei sinnlos gewesen, was sie getan hatten. Wieder sah er das dunkle, rätselhafte Gesicht Allanons vor sich, hörte, wie der schwarze Wanderer ihn wegen seiner albernen Gedanken rügte, seiner Weigerung, die Menschen so zu sehen, wie sie waren. Er würde sich auch vor ihm verantworten müssen, und Allanon würde nicht erbaut sein . . .

Steif trat er vor den hingestürzten Orl Fane und bückte sich, schloß die Finger fest um den kalten Metallknauf der Waffe, spürte die Reliefform der brennenden Fackel in seiner schwitzenden Hand. Er stockte. Dann zog er das Schwert von Shannara langsam heraus aus der Scheide.

5

Der zweite Tag der Schlacht um Tyrsis wurde Zeuge eines ebenso schrecklichen Gemetzels unter den Soldaten der Nordland-Armee wie der erste. Die riesige Invasionsstreitmacht griff in der Morgendämmerung an, marschierte unter dem dumpfen Klang der Gnomen-Kriegstrommeln auf die Klippe zu, kam hundert Meter davor zum Stehen. Wieder wurde es still, dann setzte die Armee unter ohrenbetäubendem Geschrei zum Sturmangriff an. Ohne Rücksicht auf Leben und Gesundheit warfen sich die Angreifer Welle um Welle gegen die äußere Verteidigungslinie der Grenzlegion. Sie kamen ohne die riesigen Rampen, die neu zu bauen keine Zeit geblieben war, und verließen sich statt dessen auf Tausende kleiner Sturmleitern und Wurfanker. Es war ein barbarischer, gnadenloser und erbitterter Kampf. Hunderte von Nordländern starben schon in den ersten Minuten.

Da Acton gefallen war, zog Balinor es vor, das berittene Regiment nicht ein zweites Mal zu einem Gegenangriff einzusetzen. Statt dessen hielt er es für angebracht, sich mit allen Leuten einzugraben und die Stellung zu halten, solange es ging. Brennendes

Öl und die Bogenschützen der Legion stoppten die ersten Wellen des Angriffs, aber diesmal ergriff der Feind nicht die Flucht. Er rückte mit endlosen Kolonnen an, ohne Unterbrechung, und es gelang ihm, bis zum Fuß des Hochplateaus vorzudringen, wo die Sturmleitern angelegt wurden. Schwärme kreischender Nordländer kletterten hinauf, und die Schlacht löste sich auf in zahllose Kämpfe Mann gegen Mann.

Nahezu acht Stunden lang schlugen die tapferen Verteidiger von Tyrsis einen Feind zurück, der in zwanzigfacher Übermacht angetreten war. Sturmleitern und Wurfanker wurden systematisch zerschmettert und durchtrennt, gegnerische Soldaten hinabgestoßen, sobald sie die Höhe erreichten, und Lücken in der Abwehrlinie geschlossen, wenn sie sich zu vergrößern drohten. Die tapferen Taten der einzelnen Legionäre waren zu zahlreich, als daß man sie aufzählen könnte. Sie kämpften ohne Unterlaß, ohne Ablösung, gegen übermächtige Gegner, in dem Wissen, daß der Feind keinen Pardon gewähren würde, sollte er siegen. Acht Stunden lang rannte das Nordland-Heer gegen die Schanzen der Legion vergeblich an. Aber endlich wurde an der linken Abwehrflanke ein Einbruch erzielt. Mit Triumphgeheul stürmte der Feind auf die Klippe.

Nach Actons Tod hatte der alternde Fandwick allein das Kommando in diesem Teil der Verteidigungslinie geführt. Er zog seine geschrumpften Reserven zusammen und warf sie in den Kampf, um den Durchbruch der Nordländer zu verhindern. Lange Zeit wogte das Kampfgetümmel in der aufgerissenen Lücke hin und her, als die entschlossenen Angreifer sich mühten, die gewonnene Position zu halten und auszubauen. Dutzende starben auf beiden Seiten, darunter der tapfere Fandwick.

Balinor führte vom Mittelabschnitt neue Reserven heran, um die aufgerissene Abwehrfront wieder zu schließen, und das gelang ihm endlich auch, aber Augenblicke später gab es neue Einbrüche an der linken Flanke, und der ganze Abschnitt begann zu wanken und auseinanderzubrechen. Der König von Callahorn begriff, daß seine Armee die vorgeschobene Verteidigungslinie nicht mehr zu halten vermochte, und wies die noch lebenden Kommandeure an, den geordneten Rückzug in die Stadt einzuleiten. Balinor stützte die zerbröckelnde linke Flanke und zog sie zurück, leistete dem Feind hinhaltenden Widerstand und brachte den ganzen Abschnitt schließlich in die Stadt.

Es war ein bitterer Augenblick für die Südländer, die sich nun daranmachten, die große Außenmauer zu verteidigen. Die Nordland-Armee setzte jedoch nicht nach, sondern riß die Abwehrbefestigungen ab und errichtete sie in einiger Entfernung neu als eigene Abwehrlinie, gerade außer Reichweite der Bogenschützen von Tyrsis. Die erschöpften Soldaten der Grenzlegion sahen von den Stadtmauern aus stumm zu, während der sonnige Nachmittag verrann und die Dämmerung sich ankündigte. Das Lager der Nordland-Armee wurde auf das Gelände unterhalb der Stadt verlegt, und die Armee begann ihre Wachfeuer anzuzünden, als die Dunkelheit sich herabsenkte. In den letzten Augenblicken des Tageslichts verriet der Gegner einen Teil seines Plans, die Mauern von Tyrsis zu erobern. Man brachte große, schräge Rampen in Aufstellung, dann rollten aus dem Zwielicht drei gigantische Belagerungstürme heran, von denen jeder leicht die Höhe der Außenmauer hatte. Die Türme wurden hinter dem Lager des Feindes aufgestellt. Von der Stadt aus waren sie deutlich zu sehen. Es handelte sich unzweifelhaft um eine Art psychologischer Kriegführung, mit dem Ziel, die belagerte Grenzlegion zu entnerven.

Über dem Stadttor beobachtete Balinor die Vorgänge, umringt von seinen Kommandeuren und den Freunden aus Culhaven. Er spielte kurz mit dem Gedanken eines nächtlichen Überfalls auf das feindliche Lager, um die Belagerungstürme niederzubrennen, verwarf die Idee aber wieder schnell. Man würde damit rechnen, daß er etwas Derartiges unternahm, und die Stadttore die ganze Nacht über sicherlich scharf im Auge behalten. Außerdem würde es der Legion nicht schwerer fallen, die Türme in Brand zu stekken, als vorher die Rampen, sobald sie einmal herangeführt wurden.

Balinor schüttelte den Kopf und zog die Brauen zusammen. Das ganze Angriffskonzept der Nordland-Armee hatte etwas Sonderbares an sich, aber es gelang ihm nicht, es zu durchschauen. Dem Feind mußte eigentlich klar sein, daß es ihm mit den Belagerungstürmen niemals gelingen konnte, die große Mauer zu überwinden. Man mußte etwas anderes im Schilde führen. Balinor fragte sich zum hundertstenmal, ob die Elfen-Armee die Stadt noch rechtzeitig zum Entsatz erreichen würde. Es war dunkel geworden, und nachdem er überall hatte Doppelposten aufstellen lassen, lud er seinen Stab zum Abendessen ein.

Versteckt in einem Wäldchen auf einem niedrigen Hügelkamm mehrere Meilen westlich von Tyrsis betrachtete ein kleiner Reitertrupp die Spuren der verheerenden Schlacht auf der Ebene, während der Abend sich niedersenkte. Stumm verfolgten die Männer, wie die riesigen Belagerungstürme hinter den Linien des Nordland-Heeres bereitgestellt wurden, um am nächsten Morgen beim Sturm auf die befestigte Stadt eingesetzt zu werden.

»Wir sollten ihnen eine Nachricht zukommen lassen«, sagte Jon Lin Sandor halblaut. »Balinor wird erfahren wollen, daß unsere Armee auf dem Weg zu ihm ist.«

Flick warf einen Blick auf Eventine mit seinen Verbänden. Die Augen des Elfen-Königs schienen zu lodern, als er die belagerte Stadt betrachtete.

»Ich hoffe, daß die Armee unterwegs ist«, murmelte Eventine. »Breen ist seit fast drei Tagen fort. Wenn er bis morgen nicht zurückkommt, gehe ich selbst.«

Sein Freund legte die Hand auf die gesunde Schulter des Königs.

»Du bist nicht in der Verfassung für einen weiten Ritt, Eventine. Dein Bruder läßt dich nicht im Stich. Balinor ist ein erfahrener Kämpfer, und die Mauern von Tyrsis sind noch nie erstürmt worden, seit die Stadt besteht. Die Legion kann sich lange genug halten.«

Es blieb eine Weile still. Flick schaute zur dunklen Stadt hinüber und fragte sich, wie es seinen Freunden gehen :nochte. Auch Menion mußte sich hinter diesen Mauern befinden. Der Hochländer konnte nicht wissen, was Flick zugestoßen war, oder welche Gefahren Eventine bestanden hatte. Ebensowenig konnte er ahnen, was aus Allanon, dem Unberechenbaren, geworden war, der ohne erkennbaren Grund verschwunden war, nachdem der Talbewohner sich mit dem Elfen-Suchtrupp eingefunden hatte. Der Druide hatte seit seinem Auftauchen in Shady Vale zwar schon oft manches im unklaren gelassen, war aber noch nie ohne eine Erklärung verschwunden. Vielleicht hatte er mit Eventine gesprochen . . .

»Die Stadt ist eingeschlossen, jeder Zugang überwacht«, sagte Eventine. »Es wäre außerordentlich schwierig, durch die feindlichen Linien zu gelangen, und sei es nur, um Balinor eine Nachricht zu überbringen. Aber du hast recht, Jon Lin – er sollte wissen, daß wir ihn nicht vergessen haben.«

»Wir sind nicht stark genug, um nach Tyrsis durchzubrechen oder auch nur die Nachhut der Nordland-Armee anzugreifen«, meinte sein Freund nachdenklich, »aber . . .« Er starrte hinüber zu den dunklen Umrissen der Belagerungstürme in der Ebene.

»Eine kleine Geste kann nicht schaden«, ergänzte der König mit Nachdruck.

Es war noch nicht Mitternacht, als Balinor auf den Wachtturm über dem Stadttor gerufen wurde. Augenblicke später stand er sprachlos an der Brustwehr, umgeben von Höndel, Menion, Durin und Dayel, und starrte hinunter auf das Chaos, das sich im aufgescheuchten Lager des Feindes auszubreiten begann. Hinter dem weitläufigen Heerlager war der mittlere der drei gigantischen Belagerungstürme ein lodernder Scheiterhaufen, der das Grasland im Umkreis von Meilen erhellte. Verzweifelt hetzten

Schwärme von Soldaten an den anderen Türmen empor, um zu verhindern, daß die Flammen auf sie übergriffen. Es war unverkennbar, daß die Invasoren völlig überrascht worden waren. Balinor sah seine Begleiter an und lächelte froh. Hilfe war also nicht weit.

Der Morgen des dritten Tages dämmerte herauf in dumpfer Stille, die wie ein Leichentuch über dem Land von Callahorn und den Armeen von Norden und Süden hing. Die großen Kriegstrommeln der Gnome blieben stumm, sie waren ebensowenig zu vernehmen wie Angriffsgeschrei. Die Sonne ging blutrot im fernen Osten auf. Ein dichter Dunst lag über dem betauten Land. Nichts rührte sich, kein Laut war zu vernehmen. Die Soldaten der Grenzlegion auf den Mauern von Tyrsis warteten nervös und starrten in die Düsternis, um einen Blick auf den Gegner zu erhaschen.

Balinor befehligte den Mittelabschnitt der großen Außenmauer, Ginnisson hielt die rechte Seite, Messaline die linke. Janus Senpre führte das Kommando über die Stadtgarnison und die Reserven. Menion, Höndel und die Elfen-Brüder standen stumm neben Balinor und fröstelten in der kalten Morgenluft. Sie hatten nur wenig geschlafen, fühlten sich aber hellwach und waren von einer sonderbaren Ruhe erfüllt. Sie hatten sich in den vergangenen achtundvierzig Stunden mit ihrer Lage abgefunden. Sie hatten Männer zu Tausenden sterben sehen, und ihr eigenes Leben erschien neben dem schrecklichen Blutbad, das dieses Land heimgesucht hatte, beinahe bedeutungslos. Das Grasland unter der Stadt war zerrissen und zerfurcht, die Erde getränkt von Blut, übersät mit Toten. Ein noch größeres Gemetzel stand in Aussicht, bis eine der beiden Armeen vollständig vernichtet war. Die Verteidiger von Tyrsis hatten die moralischen Beweggründe hinter dem Wort Überleben vergessen; der Krieg war zu einem mechanischen Reflex geworden, der seine eigene Logik besaß und alles rechtfertigte, was Menschen taten.

Die blutrote Sonne trat schärfer hervor, und nun wurden die

Umrisse von Männern und Pferden erkennbar, als die Nordland-Armee wieder auftauchte, ein Schachbrett von exakt ausgerichteten Kolonnen auf dem ganzen Schlachtfeld, von den vordersten Schanzen auf der Klippe bis zu den verkohlten Überresten zweier Belagerungstürme. Man bewegte sich nicht, man sagte nichts. Man wartete nur. Höndel begriff, was sich abspielte, und flüsterte Balinor hastig etwas zu. Der Befehlshaber der Legion schickte sofort Meldegänger zu seinen Untergebenen auf den Wällen, um sie zu warnen.

Menion wollte gerade fragen, was eigentlich im Gange sei, als sich plötzlich auf der Klippe unmittelbar unter den Stadttoren etwas regte. Ein einzelner gepanzerter Krieger trat langsam aus dem Zwielicht hervor, hochgewachsen, aufrecht, und blieb vor der Riesenmauer stehen. In einer Hand hielt er eine lange Stange mit einem roten Wimpel. Er stieß die Stange in die Erde, dann trat er zurück, drehte sich um und kehrte zu seinen Reihen zurück. Wieder blieb es völlig still. Kurze Zeit danach hallte der langgezogene, klagende Ton eines fernen Horns traurig über die Ebene – einmal, zweimal, ein drittes Mal. Wieder Stille.

»Die Totenwache«, flüsterte Höndel. »Das bedeutet, daß sie keinen Pardon geben. Sie wollen uns alle töten.«

Plötzlich wurde die Stille vom Dröhnen der Kriegstrommeln zerrissen, und die ganze Armee setzte sich in Bewegung. Tausende von Gnomen-Pfeilen verdunkelten den Himmel und regneten auf die Stadtmauern hinab. Speere, Piken und Streitkolben flogen. Aus dem Dunst über der Ebene tauchte der Umriß des letzten Belagerungsturms auf, ächzend und knarrend unter seinem eigenen Riesengewicht, gezogen von Hunderten von Soldaten, hinauf über die neuerbaute Rampe, bis hin zur Außenmauer. Aus der Stadt schossen die Bogenschützen der Legion auf die anstürmenden Angreifer, während die anderen Legionäre an den Brustwehren lauerten und auf Balinors Befehle warteten.

Der König von Callahorn wartete, bis der massive Belagerungsturm ganz nahe an die Mauer herangekommen war. Schon versuchte der Feind, das große Hindernis mit Wurfankern und Sturmleitern zu erklimmen, und die Mauerfassade war übersät mit sich anklammernden Gestalten, die vergeblich die Krone zu erreichen suchten. Schlagartig ergoß sich der Inhalt riesiger Kessel von der Mauer; das Öl überschüttete Menschen und Maschine und die ganze Klippenwand. Brennende Fackeln folgten, und augenblicklich war die ganze Angriffsfront der Nordland-Armee in ein Flammenmeer getaucht. Belagerungsturm und Soldaten verschwanden einfach, als der schwarze Rauch in dichten Wolken emporquoll und den Blicken der Verteidiger das grausige Schauspiel entzog; nur die qualvollen Schreie der von den Flammen erfaßten Männer waren zu hören. Die Angreifer, die versucht hatten, die Außenmauer zu ersteigen, saßen in der Falle. Einzelnen gelang es, die Brustwehr zu erreichen, wo sie schnell getötet wurden, aber die meisten verloren einfach den Halt oder wurden vom dichten Rauch ihrer Sinne beraubt, so daß sie ohne weiteres ins Feuer stürzten.

Binnen Minuten war der Angriff abgewehrt, und wieder entschwand das ganze Nordland-Heer dem Blick. Die Männer auf den Wällen starrten angestrengt in den wirbelnden Rauch und versuchten vergeblich zu entdecken, welcher Art der nächste Angriff sein mochte. Balinor sah seine Begleiter an und schüttelte zweifelnd den Kopf.

»Das war Wahnsinn. Sie müssen doch gewußt haben, was geschehen würde – und sie haben es trotzdem versucht. Sind sie toll geworden?«

»Vielleicht wollten sie uns ablenken«, murmelte Höndel. »Mit der Rauchwand, die wir ihnen geliefert haben.«

»So viele Tote, nur um sich einzunebeln?« rief Menion ungläubig.

»Wenn es so wäre, müssen sie etwas ganz Besonderes im Schild führen, von dem sie überzeugt sind, daß es nicht fehlschlagen kann«, erklärte Balinor. »Behaltet hier alles im Auge. Ich gehe zum Tor.« Er wandte sich ab und lief die steinerne Wendeltreppe hinunter. Die anderen sahen ihm stumm nach und kehrten sich wieder der Brustwehr zu. Vor ihnen quollen noch immer dichte Rauchwolken zum Himmel; das Öl loderte nach wie vor. Die Todesschreie waren verstummt, es war seltsam still geworden.

»Was haben sie vor?« fragte Menion nach einer Weile.

Es blieb geraume Zeit still.

»Wenn wir nur Stenmin erwischt hätten«, murmelte Durin schließlich. »Ich fühle mich nicht einmal hinter diesen Mauern sicher, solange dieser Wahnsinnige in der Stadt frei herumläuft.«

»Wir hatten ihn beinahe schon«, sagte Dayel. »Wir sind ihm in dieses Zimmer gefolgt, aber er schien sich in Luft aufgelöst zu haben. Es muß einen Geheimgang haben.«

Durin nickte, und das Gespräch geriet wieder ins Stocken. Menion starrte in den Rauch und dachte an Shirl, die im Palast auf ihn wartete, an Shea, Flick, seinen Vater und seine Heimat – die Bilder zogen blitzschnell an seinem inneren Auge vorbei. Wie würde das alles enden?

»Bei den Schatten!« Höndel riß ihn so ruckartig herum, daß er erschrak. »Ich bin ein Schwachkopf. Dabei lag das so nahe. Ein Geheimgang! Im Keller des Palastes, unter den Weinkellern, in den Verliesen, die so viele Jahre hindurch abgeschlossen waren – ein Gang, der durch den Berg zur Ebene führt. Der alte König hat vor vielen Jahren in meiner Gegenwart einmal davon gesprochen. Stenmin scheint ihn zu kennen.«

»Ein Schleichweg in die Stadt!« rief Menion. »Sie könnten uns in die Zange nehmen!« Er hielt den Atem an. »Höndel! Shirl ist im Palast!«

»Wir haben nicht viel Zeit.« Höndel war schon auf der Treppe. »Menion, kommt mit. Dayel, sucht Janus Senpre und sagt ihm, er soll sofort Verstärkung zum Palast schicken. Durin, versucht Balinor zu finden und ihn zu warnen. Beeilt euch. Wir wollen hoffen, daß es noch nicht zu spät ist.«

Sie stürmten die Treppe hinunter und rasten über den Platz vor den Kasernen, stießen Soldaten beiseite, hetzten weiter auf das

Tor zu, das in die innere Stadt führte. Zu langsam! schrie eine Stimme in Menion. Er riß Höndel fast von den Beinen, um ihn zu einer kleinen Gruppe von angebundenen Reservepferden zu steuern, die er zu seiner Rechten entdeckt hatte. Er schleuderte einen Soldaten beiseite, der ihm in den Weg treten wollte, und die beiden Männer sprangen in die Sättel und lenkten die Pferde zur Stadt, galoppierten durch das offene Tor, vorbei an den verblüfften Wachen, vorbei an Reserveeinheiten, die hier auf ihren Einsatz warteten, und rasten auf den Palast zu, so schnell die Gäule laufen konnten.

Alles, was danach kam, schien in einem Vakuum von Zeit und Raum stattzufinden. Menschen und Gebäude flogen an ihnen verschwommen vorbei, als die beiden Reiter über das uralte Pflaster der Hauptstraße fegten, dann tauchte die Brücke von Sendic auf, die den Volkspark überspannte und zum Palast der Buckhannahs führte. Ein Troßzug stob wild auseinander, als die beiden Reiter vorbeiflogen und ihre Pferde über den steinernen Brückenbogen zum offenen Palasttor trieben. Höndel und Menion sprengten in den von Gärten eingefaßten Vorhof, brachten die schwitzenden Pferde zum Stehen und sprangen aus den Sätteln.

Alles war still. Nichts schien aus der Ordnung zu sein. Ein Diener schlenderte beinahe gemächlich aus dem Schatten einer hohen Weide, um die Zügel der Pferde zu ergreifen. Sein Blick verriet nur geringe Neugier. Höndel warf dem Mann einen scharfen Blick zu, dann winkte er Menion und lief zum Eingang. Vielleicht kamen sie noch früh genug. Vielleicht täuschten sie sich sogar . . .

Die Korridore des alten Schlosses gähnten leer, als die beiden in der Halle stehenblieben, schnelle Blicke in offene Durchgänge und tiefe Nischen warfen, den Blick über Gobelins und Fenster gleiten ließen. Menion wollte sich auf die Suche nach Shirl begeben, aber sein Begleiter hielt ihn mit einem kurzen Wort zurück. Die rothaarige Tochter aus königlichem Haus würde warten müssen. Auf leisen Sohlen führte Höndel den besorgten Hochländer durch einen anderen Korridor zum Kellereingang. An einer Biegung blieben sie stehen, preßten sich an die Holztäfelung und blickten vorsichtig um die Ecke.

Die massive, eisenbeschlagene Tür zum nun schon vertrauten Weinkeller stand offen. Im Eingang standen drei bewaffnete Männer und behielten den Korridor im Auge. Alle trugen das Abzeichen des Falken. Menion und Höndel glitten lautlos zurück. Der Prinz von Leah bemerkte zum erstenmal, daß er keine Waffen trug. Er hatte das Schwert von Leah am Sattelknauf seines Pferdes hängen lassen. Er schaute sich hastig um und entdeckte an einer Wand zwei gekreuzte Piken. Er hätte sich eine bessere Waffe gewünscht, aber nun blieb ihm keine andere Wahl. Lautlos nahm er eine von den schweren Lanzen von der Wand und kehrte zu Höndel zurück. Sie tauschten einen raschen Blick. Es mußte schnell gehen. Wenn die Kellertür von innen geschlossen und verriegelt werden sollte, bevor sie sie erreichten, war ihre Chance, Stenmin und den Geheimgang zu finden, dahin. Außerdem waren sie nur zu zweit. Wie viele Feinde mochten unten noch auf sie warten?

Sie überlegten nicht lange. Blitzschnell stürmten sie aus ihrem Versteck den Korridor hinunter. Die drei Wachen hatten kaum Zeit, sich umzudrehen, bevor die beiden Männer bei ihnen waren. Menion durchstieß mit seiner Lanze den Mann, der dem Eingang am nächsten stand, und stürzte sich einen Augenblick später auf den zweiten. Der letzte Posten sank unter einem Hieb von Höndels Streitkolben lautlos zusammen. Das Ganze war vorbei, bevor es richtig begonnen hatte, und die beiden Kämpfer hetzten durch den Eingang und die abgetretenen Steinstufen hinunter, um den tödlichsten Kampf ihres Lebens zu bestehen.

Der alte Weinkeller war von Fackeln erhellt. Das flackernde Licht strahlte von allen Wänden und durchdrang die muffige Düsternis wie die aufgehende Sonne den Morgennebel. In der Mitte des riesigen Gewölbes war die große steinerne Falltür geöffnet, und aus der Dunkelheit tönte das Klirren von Metall auf Stein herauf. Im Keller wimmelte es von Bewaffneten, die sich aus allen Richtungen auf die beiden Eindringlinge stürzten.

Höndel und Menion erwiderten den Ansturm mit einem wutentbrannten Gegenangriff, der sie in die Mitte der Gegner trug. Menion hatte einem der niedergestoßenen Wachen am Kellereingang das Schwert entrissen. Rücken an Rücken mit Höndel begann er die Gegner niederzumähen. Aus dem Augenwinkel sah er eine bekannte, scharlachrot gekleidete Gestalt aus der Tiefe der Verliese heraufsteigen; als er den verhaßten Stenmin erblickte, wurde der Prinz von Leah von grenzenloser Wut erfaßt. Mit verdoppelter Heftigkeit hieb er auf die Gegner ein, versuchte sich einen Weg zu bahnen und den Mann zu erreichen, der sie verraten hatte. Die Züge des hageren Mystikers verzerrten sich vor Angst, als er vor dem schrecklichen Getümmel zurückwich.

Rücken an Rücken kämpften der Zwerg und der Hochländer wie Besessene, umgeben von Toten und Sterbenden. Sie hatten beide am ganzen Körper schon Wunden davongetragen, aber die Schmerzen verspürten sie nicht. Zweimal war Menion auf dem blutverschmierten Boden ausgeglitten, zweimal hatte Höndel die Angreifer abgewehrt, bis der Hochländer sich wieder hatte aufrichten können. Nur noch fünf Gegner waren auf den Beinen, aber Höndel und Menion Leah waren nun auch nahezu am Ende ihrer Kräfte. Sie kämpften wie mechanische Figuren, blut- und schweißüberströmt, mit Gliedmaßen von bleierner Schwere. Stenmin, der plötzlich zur Besinnung zu kommen schien, stürmte zur offenen Luke und schrie kreischend um Hilfe. Der Prinz von Leah reagierte sofort. Mit einer letzten Kraftanstrengung rannte er zwei seiner Gegner um, so daß sie zu Boden stürzten. Ein dritter wollte ihn aufhalten, aber Menion stieß ihm das Schwert in den Leib und ließ es dort stecken. Er packte eine Lanze, die am Boden lag, stürzte sich auf Stenmin und betäubte ihn mit einem heftigen Hieb der schweren Waffe. Als die hagere Gestalt zusammensank, griff Menion nach der Falltür und stemmte sie hoch.

Es schien, als sei der Stein in offener Stellung festgekettet worden. Er regte sich nicht. Tief unten vestummten die klirrenden Geräusche und wurden von Stiefelgetrappel ersetzt, als Soldaten auf die Falltür zuhetzten. Nur Sekunden blieben noch. Wenn sie die Treppe erreichten, war Menion ein toter Mann. Er spannte seine Muskeln mit letzter Kraft an, packte den massiven Steinblock, und – er bewegte sich. Ächzend vor Anstrengung stemmte sich der Hochländer gegen die mächtige Falltür, bis sie endlich kippte und mit ohrenbetäubendem Krachen zufiel. Mit gefühllosen, schwitzenden Händen zog er die schwere Kette durch die Eisenringe und befestigte sie mit einer Stange. Der Gang war verschlossen. Wenn die Nordland-Armee hier einzudringen versuchte, würde sie Eisen und Stein von Meterdicke durchstoßen müssen.

»Menion.«

Ein rauhes Flüstern durchdrang die plötzliche Stille. Menion kauerte am Boden, auf Hände und Knie gestützt. Seine tastende Hand fand ein daneben liegendes Schwert. Er hob mühsam den Kopf. Über einen mit niedergestürzten Gegnern übersäten Boden hinweg fand der Blick Menions seinen Freund. Der Zwerg stand mit dem Rücken an der Wand vor der Kellertreppe, den schweren Streitkolben noch immer in der Hand. Er war umringt von Leichen. Er hatte sie alle getötet. Niemand war entkommen. Die harten Augen begegneten Menions Blick für eine halbe Sekunde, und es war, als begegneten sie einander zum erstenmal, wie damals in der Ebene hinter den Schwarzen Eichen. Er war der alte Höndel – wortkarg, grimmig, immer einfallsreich. Dann entglitt ihm der Streitkolben, sein Blick trübte sich; mit einem tiefen Seufzer glitt er zu Boden, gefällt vom Tod, der ihn zuletzt doch ereilt hatte.

Höndel! Der Name zuckte durch Menions betäubtes, ungläubiges Gehirn, während er sich mühsam aufraffte und schwankend in den tanzenden Schatten stand. Die Tränen traten ihm in die geröteten Augen und liefen über sein Gesicht. Mit bleiernen Beinen stieg er über die Leichen der Feinde hinweg, keuchend vor Wut und Hilflosigkeit. Nur dumpf nahm er wahr, daß irgendwo hinter ihm Stenmin zu sich kam. Er erreichte den Zwerg, kniete nieder und bettete Höndels Kopf in seinem Schoß. Wie oft hatte Höndel ihm das Leben gerettet? Wie oft hatte er sie alle vor dem Schlimmsten bewahrt? Und nun . . . Menion konnte den Gedanken nicht zu Ende denken. Er konnte nur weinen.

Stenmin schob sich langsam auf ein Knie und schaute sich im Keller fassungslos um. Alle seine Leute tot, die steinerne Falltür geschlossen und verriegelt, und . . . In seinem gepeinigten Körper zuckte Angst auf. Einer der Eindringlinge lebte noch – der Hochländer! Er haßte diesen Mann, haßte ihn so sehr, daß er überlegte, ob er ihn in diesem Augenblick töten sollte, aber die Angst in ihm war stärker, stärker noch als zuvor, und er dachte nur an Flucht. Fliehen und am Leben bleiben! Es gab nur einen Weg – die Treppe hinauf, vorbei an dem knienden Mann, hinaus durch die offene Kellertür. Er stand schon auf den Beinen und schlich lautlos durch den Keller, stieg über die Leichenhaufen, huschte auf die Treppe zu.

Der Hochländer drehte ihm den Rücken zu, immer noch über den Zwerg gebeugt. Auf Stenmins Stirn bildeten sich Schweißtröpfchen, und die dünnen Lippen kräuselten sich bösartig – aber die Furcht trieb ihn weiter. Er würde bald frei sein. Nur noch ein paar Schritte. Die Stadt war dem Untergang geweiht. Alle Einwohner würden sterben – alle seine Feinde. Er aber würde überleben. Er mußte sich zwingen, nicht laut aufzulachen. Seine Hand berührte die Treppe, ein Fuß folgte; der Hochländer war nur einen Meter entfernt, noch immer ahnungslos, die Kellertür stand offen und war nicht bewacht. Freiheit! Nur noch ein Schritt . . .

Da fuhr Menion herum. Stenmin stieß einen Entsetzensschrei aus, als er das unheimliche Gesicht des Prinzen sah. Der Mystiker versuchte verzweifelt, die Treppe hinaufzustürmen, stolperte in den langen, roten Gewändern über die eigenen Beine.

Er kam nur einige Schritte weit, als Menion ihn einholte.

An den Mauern von Tyrsis geschah das Unmögliche. Nachdem Balinor von der Brustwehr des Außenwalls heruntergestiegen war, hatte er sich sofort zum massiven Stadttor begeben. Die Wachen der Legion, die dort stationiert waren, nahmen stramme Haltung an. Alles schien in Ordnung zu sein. Die vom Torhaus aus bedienten Riegelbolzen waren alle an ihren Plätzen. Die mächtige Eisenstange, die als zusätzliche Sicherung diente, lag quer über den beiden eisernen Torflügeln in ihren Befestigungen. Balinor starrte nachdenklich auf die Mauer, von Zweifeln beschlichen. Irgend etwas stand bevor, er konnte es fühlen. Das Tor war der Schlüssel zur Stadt, der einzige wunde Punkt in der sonst undurchdringlichen Steinmauer um Tyrsis. Belagerungstürme, Wurfanker, Sturmleitern – alle diese Geräte reichten nicht aus, den großen Wall zu erstürmen, und der Dämonen-Lord mußte das wissen. Das Tor war der Schlüssel.

Balinors Blick glitt hinauf zum Torhaus auf dem Turm, einem gedrungenen, fensterlosen Bauwerk mit dem Mechanismus für die Innenverschlüsse. Zwei Legionäre standen wachsam an der Tür. Eine ausgesuchte Abteilung hatte den Auftrag erhalten, den lebenswichtigen Mechanismus zu schützen, Männer, die Balinor selbst ausgewählt hatte, unter dem Kommando von Hauptmann Sheelon. Zu beiden Seiten des kleinen Bauwerks verteidigten die Männer der Legion die Wälle. Es schien kaum möglich zu sein, daß die Nordländer damit rechneten, das Torhaus erobern zu können. Trotzdem . . .

Schon war Balinor zu der schmalen Treppe gegangen, die in den Turm führte, und stieg die Stufen hinauf. Plötzliche Schreie von der Mauerkrone lenkten seine Aufmerksamkeit kurz ab, und er blieb stehen, als Tausende von Bogensehnen sirrten und ein Hagel von Pfeilen auf die Mauer niederging. Balinor hetzte hinauf. Er starrte an der Klippenwand hinunter, sah Leichen, zerstörte Geräte und kleine Brände. Die Nordländer hatten vorübergehend den direkten Angriff eingestellt. Statt dessen überschütteten lange Reihen von Bogenschützen die Verteidiger mit Pfeilen.

Der Grund für diese Taktik war schnell erkennbar. Am Rand der Klippe schob ein Trupp schwer gepanzerter Berg-Trolle einen mächtigen, schweren Rammbock heran, der oben und an den Seiten geschützt war durch Eisenblech. Während die Grenzlegion vom Feuer der Bogenschützen niedergehalten wurde, gedachten die riesigen Trolle den gewaltigen Rammbock vor das Stadttor zu bringen und es zu sprengen.

Auf den ersten Blick erschien der Plan unsinnig. Wenn das Torhaus dem Gegner jedoch in die Hände fiel, konnten die inneren Riegel geöffnet werden, und nur die lange, eiserne Querstange würde das Tor noch geschlossen halten. Sie allein konnte aber dem Rammbock nicht standhalten. Balinor lief auf das kleine Torhaus zu. Die Wachen beobachteten ihn. Er blickte sie im Vorbeigehen an und streckte die Hand nach der Türklinke aus. Sheelon war nirgends zu sehen. Die Tür öffnete sich nach innen, und er hatte einen Schritt in den Raum hineingetan, als ihm klar wurde, daß er keinen der beiden Wachtposten je zuvor gesehen hatte.

Balinor reagierte instinktiv, sprang zur Seite, als der Wachtposten auf ihn zustürzte, packte die ausgestreckte Lanze und entriß sie dem Angreifer. Mit dem Rücken an der Wand hatte der König nur einen kurzen Augenblick Zeit, einen Blick in den trüb erleuchteten Raum zu werfen. Die Leichen von Sheelon und seinen Leuten lagen in einer Ecke, zusammengekrümmt im Tod, ohne Rüstung und Kleidung. Aus den Schatten an der Rückseite des Raumes stürzte eine Gruppe gesichtsloser Angreifer auf Balinor zu, Dolche in den erhobenen Fäusten. Balinor schleuderte ihnen die Lanze entgegen und sprang zum Ausgang, aber der zweite Posten, der vor der Tür geblieben war, sah ihn kommen und stieß die Tür von der anderen Seite her zu. Der König vermochte sich den Weg nach draußen nicht mehr zu bahnen. Er saß in der Falle. Es blieb ihm gerade noch Zeit, das Breitschwert zu ziehen, bevor sich die anderen auf ihn stürzten. Sie rissen ihn zu Boden, aber die Dolchklingen glitten an seinem Kettenpanzer ab, der ihm schon so oft das Leben gerettet hatte. Balinor bäumte sich auf, schüttelte die Gegner ab und kam wieder auf die Beine. Im trüben Licht waren die Angreifer nur Schatten, aber seine Augen paßten sich dem Halbdunkel an, und er hieb auf sie ein, als sie erneut über ihn herfielen. Zwei von den dunklen Gestalten kreischten auf und stürzten leblos zu Boden, als die mächtige Klinge sie traf, aber ihre Begleiter hatten das Schwert schon unterlaufen und warfen sich nun wieder auf den König.

Zum zweitenmal wurde Balinor niedergerungen, doch wieder befreite er sich, und der Kampf wogte in dem kleinen Raum hin und her. Der Lärm des Angriffs auf die große Mauer übertönte von draußen die Geräusche im Torhaus. Balinor wußte, daß er mit keiner Hilfe rechnen konnte, wenn es ihm nicht gelang, das Freie zu gewinnen. Er stellte sich wieder an die Wand und schwang das große Schwert, bedrängt von den Gegnern. Drei waren tot, mehrere verwundet, aber die übrigen Männer begannen ihn durch ihre ständigen Attacken zu ermüden. Er mußte rasch entkommen. Dann tönte ein lautes Knirschen von Zahnrädern und Gestängen durch das Torhaus, und er begriff entsetzt, daß jemand die Innenverriegelung des Hauptportals öffnete. Er stürzte vorwärts, um zum Sperrmechanismus zu gelangen, aber die Gegner versperrten ihm den Weg und er wurde dazu gezwungen, sich im Halbkreis von seinem Ziel abzusetzen. Einen Augenblick später kreischte Metall auf Metall, und man hörte schwere Hammerschläge. Die Feinde versuchten, die Sperrhebel zu blockieren. Balinor ließ alle Vorsicht fahren und stürzte sich auf die Gegner.

Dann wurde die Tür aufgerissen, und die Leiche des verräterischen Wachtpostens flog herein. Graues Licht flutete in den Raum, und die schlanke Gestalt Durins tauchte neben seinem Freund auf. In grimmigem Schweigen hieben sie auf die verbliebenen Gegner ein, trieben sie fort vom Sperrmechanismus, versperrten ihnen den Weg zur Tür und machten sie in der gegenüberliegenden Ecke des Raumes nieder. Ohne einen zweiten Blick auf die Toten zu werfen, stürmte der blutbefleckte König zum beschädigten Mechanismus und starrte wutentbrannt das Gewirr von Hebeln und Zahnstangen an. Aufgebracht warf er sich gegen den Haupthebel, der sich aber nicht bewegte. Durin wurde blaß, als er begriff, was geschehen war.

»Wir haben nicht genug Zeit!« schrie Balinor, verzweifelt an den verklemmten Hebeln zerrend.

Ein dröhnendes Krachen hallte durch das Gebäude, ließ die Wände erzittern und den Boden erbeben.

»Das Tor!« rief Durin entsetzt.

Ein zweites Krachen erschütterte das Torhaus, ein drittes. Draußen scharrten Stiefel, einen Augenblick später erschien Messalines dunkles Gesicht in der Tür. Er wollte etwas sagen, aber Balinor erteilte bereits Befehle.

»Laßt den Raum säubern! Unsere Maschinisten sollen versuchen, den Mechanismus wieder in Gang zu bringen. Die Verriegelung ist gelöst und verklemmt. Verstärkt die Torflügel mit Holzstämmen und stellt Euer bestes Regiment fünfzig Schritte dahinter zu beiden Seiten auf! Die Nordländer dürfen nicht durchkommen. Setzt zwei Reihen Bogenschützen an der Innenmauer ein, um den Torzugang zu verteidigen. Die Reserven und die Stadtgarnison werden die Innenmauer verteidigen. Alle anderen bleiben, wo sie sind. Wir halten die Außenmauer, solange wir können. Wenn sie fällt, zieht die Legion sich auf die zweite Linie zurück und hält sie. Wird auch diese überrannt, verschanzen wir uns an der Brücke von Sendic. Das wird die letzte Abwehrlinie sein. Sonst noch etwas?«

Durin erklärte hastig, wohin Höndel gegangen war. Balinor schüttelte erschöpft den Kopf.

»Wir sind allerorts verraten worden. Hondel wird im Augenblick ohne unsere Hilfe auskommen müssen. Wenn der Palast fällt und sie uns von hinten angreifen, sind wir ohnehin am Ende. Messaline, Ihr haltet die rechte Flanke, Ginnisson übernimmt die linke, ich bleibe in der Mitte. Der Feind darf nicht durchbrechen. Betet darum, daß Eventine eintrifft, bevor unsere Kräfte erlahmen.«

Messaline hetzte davon. Die heftigen Stöße des großen Rammbocks erschütterten die große Mauer, während Balinor und Durin einander anstarrten. Schon wurde das graue Tageslicht düsterer, als der Schatten des Dämonen-Lords der dem Untergang geweihten Stadt drohend näherrückte. Balinor griff nach der Hand seines Freundes.

»Lebt wohl, mein Freund. Das ist das Ende für uns. Die Zeit ist abgelaufen.«

»Eventine würde uns nie bewußt im Stich lassen ...« begann der Elf.

»Ich weiß, ich weiß«, erwiderte Balinor. »So wenig wie Allanon. Er hat das Schwert oder den Erben von Shannara nicht gefunden. Auch seine Zeit ist abgelaufen.«

Sie schwiegen einen Augenblick und hörten das Geschrei der Männer auf den Wällen und die Stöße des Rammbocks am Tor. Balinor wischte sich Blut vom Gesicht.

»Sucht Euren Bruder, Durin. Aber bevor Ihr die Außenmauer verlaßt, soll das letzte Öl auf den Rammbock geschüttet und angezündet werden. Wenn wir sie nicht aufhalten können, wollen wir ihnen wenigstens die Hölle heiß machen.« Er lächelte grimmig und eilte hinaus. Durin starrte ihm nach und fragte sich, was für ein blindes Schicksal sie zu diesem ungerechten Ende verurteilt hatte. Balinor war der bemerkenswerteste Mann, dem der Elf je begegnet war. Und doch hatte er alles verloren – Familie, Stadt, Heimat, und nun sollte ihm auch noch das Leben genommen werden. Was für eine Welt war das, in der furchtbarstes Unrecht geschehen durfte, in der gute Menschen alles verloren und seelenlose Kreaturen von Bösartigkeit und Haß triumphieren durften? Er war einmal fest davon überzeugt gewesen, daß sie nicht scheitern, daß sie einen Weg finden würden, den fürchterlichen Dämonen-Lord zu vernichten und die vier Länder zu retten, aber mit diesem Traum war es vorbei.

Durin hob müde den Kopf, als mehrere stämmige Maschinisten das Torhaus betraten, um ihre hoffnungslose Arbeit an dem beschädigten Sperrmechanismus aufzunehmen. Der Elf hastete hinaus. Es war Zeit, Dayel zu suchen.

Der Kampf um die Außenmauer war mit äußerster Heftigkeit entbrannt. Trotz des verheerenden Pfeilhagels, von dem die Grenzlegion überschüttet wurde, gelang es den tapferen Verteidigern, gegen die Trolle vorzugehen, die den schweren Rammbock vor dem Tor bedienten. Die restlichen Kessel wurden auf die Mauer über dem Tor geschafft, und man schüttete das Öl auf den Rammbock und die Trolle. Lodernde Fackeln flogen hinunter, und augenblicklich stand die ganze Umgebung wieder in Flammen, während schmierig-schwarze Rauchwolken emporstiegen. Metall schmolz und glühte, und die Trolle wurden nach wenigen Augenblicken schrecklichster Hitze bei lebendigem Leib verbrannt, ihre Panzerung wurde ihnen zum Schmelzofen, aus dem es kein Entrinnen gab. Aber neue Soldaten traten sofort an ihre Stelle, und der mächtige Rammbock traf weiterhin das Tor mit ungeheuren, dröhnenden Stößen, unter denen die riesige Sperrstange sich krümmte und dann brach.

Der graue Himmel wurde schwarz von dem öligen Rauch, der sich über dem brennenden Grasland erhob und die Stadtwälle und ihre Verteidiger in dichten, ätzenden Dunst hüllte. Der Gestank nach Verbranntem legte sich erstickend über Feind und Freund. Verzweifelt bemühten sich beide Seiten, einen Durchbruch zu erzielen, aber der Ausgang des Kampfes blieb unentschieden. Kurze Zeit sah es so aus, als sollte der Tag zu Ende gehen, ohne der einen oder anderen Seite einen entscheidenden Vorteil zu bringen.

Aber endlich brach die Sperrstange ganz auseinander, die Torflügel splitterten, und der riesige Rammbock stieß eine Bresche in das Portal. Die ersten Nordländer strömten auf den Vorplatz, wurden jedoch von Bogenschützen der Legion auf der Innenmauer sofort niedergestreckt. Die Phalanx Messalines, U-förmig dem großen Tor gegenüber aufgestellt, erwartete mit gezückten Speeren und Schilden den Ansturm. Der Rammbock rückte vorwärts, und das Tor öffnete sich noch weiter, dann brach die Vorhut der Nordland-Armee durch die Lücke und warf sich den Speeren der Grenzlegion entgegen. Die Verteidigungslinie schwankte, hielt aber und warf die Angreifer zurück, die verwirrt durcheinanderwogten, unter Feuer genommen von den Bogenschützen auf Außen- und Innenmauer. Binnen Sekunden war der Exerzierplatz vor den Kasernen mit toten und verwundeten Nordländern übersät, und die Bresche im Tor war vorübergehend verstopft, so daß die Masse der Invasionstruppen nicht nachrücken konnte.

Durin hatte sich auf der Außenmauer neben dem Torhaus aufgestellt und beobachtete von dort aus, wie der Ansturm des Nordlandes an der Phalanx der Legion zerschellte. Er hatte entdeckt, daß sein Bruder mit Janus Senpre zum Palast gegangen war, und widerstrebend beschlossen, bei Balinor auszuharren, solange es ging. Der Feind fand wieder neuen Schwung; unten auf der Ebene lenkten Maturen die Berg-Troll-Trupps zur Bresche im Stadttor. Die Nordland-Armee unternahm abermals einen mächtigen Versuch, die Südländer ein für allemal zu vernichten. Die Außenmauer wurde wieder aus allen Winkeln bestürmt, als Horden von Gnomen und kleineren Trollen mit Sturmleitern, Seilen und Wurfankern ausschwärmten. Die gelichteten Reihen der Verteidiger auf der Mauer kämpften verzweifelt, um einen Durchbruch zu verhindern, aber es starben zu viele, und die Reserven der Nordland-Armee schienen unerschöpflich zu sein. Aus der Schlacht wurde ein Abnutzungskrieg, den die Männer von Tyrsis nicht hoffen konnten zu gewinnen.

Dann erhoben sich in die zunehmende Schwärze des Himmels nördlich der belagerten Stadt zwei geflügelte Gestalten und schwebten drohend in der Luft. Durin spürte, wie das Blut in seinen Adern gefror. Schädelträger! Waren sie des Sieges so gewiß, daß sie es wagten, sich noch bei Tageslicht zu zeigen? Der Elf spürte, wie sein Mut sank. Er hatte hier getan, was er konnte; es war Zeit, sich seinem Bruder anzuschließen. Welches Schicksal ihnen auch beschieden sein mochte, sie wollten sich ihm gemeinsam stellen.

Er drehte sich um und lief an der Mauer entlang, bis er sich hinter der linken Flanke der Legionsphalanx befand. Eine steile Rampe führte hinab zum Kasernengelände zwischen den beiden Stadtmauern, an die hundert Meter hinter den letzten Linien der Legion. Vom Kampfgetümmel auf den Wällen drang ohrenbetäubendes Geschrei herüber. Als Durin die Rampe fast hinter sich gebracht hatte, sah er die großen, gepanzerten Gestalten der Berg-Trolle durch die Bresche im Tor der Außenmauer strömen. Er blieb unwillkürlich stehen. Die entscheidenden Augenblicke für die Grenzlegion standen bevor.

Die Phalanx schloß sich zusammen und war abwehrbereit, als die mächtigen Trolle langsam zur Mitte der Verteidigungslinie vordrangen, wo Balinor das Kommando führte. Drei Meter trennten die Kämpfenden, als das ganze Troll-Regiment plötzlich nach links abschwenkte und sich auf die Flanke der Legion stürzte. Der Boden bebte, als die beiden Streitmächte zusammenstießen, als Speer auf Streitkolben, Schild auf Panzerung traf. Einen Augenblick hielt die Legionsphalanx, die vordersten Riesen-Trolle wurden getötet und stürzten zu Boden. Aber die überlegene Kraft und das bloße Gewicht der Nordländer trieben die kleineren Männer der Legion zurück, bis die Phalanx am rechten Ende auseinanderzubrechen begann.

Die hochragende Gestalt Ginnissons warf sich in die Bresche, und seine roten Haare flatterten, als er verzweifelt darum kämpfte, die Linie zu halten. Die Trolle wurden Schritt für Schritt zurückgetrieben, als Balinor von rechts ebenso vorrückte wie Messaline von hinten. Es war der grausigste Kampf Mann gegen Mann, den Durin bislang erlebt hatte, und er sah fassungslos zu, wie die Berg-Trolle die Männer der Grenzlegion abwehrten und wieder vorstießen. Einen Augenblick später gab es in der Phalanx erneut eine Bresche, und Ginnisson tauchte unter, als der Ansturm der Trolle ihn überrollte und die riesigen Wesen sich zu den Kasernen und zur Innenmauer wälzten.

Durin befand sich direkt dazwischen. Es wäre vielleicht noch Zeit geblieben, die sicheren Mauern zu erreichen, aber der Elf lag schon auf einem Knie, den Bogen gespannt. Der erste Troll fiel in fünfzig Schritt Entfernung, der zweite zehn Schritte näher, der dritte zwanzig. Legionäre von den Mauern beeilten sich, anzugreifen, und die Bogenschützen auf der niedrigeren Innenmauer versuchten verzweifelt, die Eindringlinge zurückzuwerfen. Unmittelbar vor dem Elf war alles Chaos, als Trolle und Legionäre auf ihn zufluteten, in gnadenlose Kämpfe von Mann gegen Mann verwickelt. Die massigen Nordländer ließen sich immer noch nicht aufhalten, und Durin schoß seinen letzten Pfeil ab.

Er warf den Bogen weg und dachte zum erstenmal an Flucht. Es blieb jedoch keine Zeit mehr, und er vermochte gerade noch ein Schwert vom Boden aufzuraffen, als die Masse der Kämpfenden ihn auch schon erreichte. Er rang wild um sein Gleichgewicht, wurde zurückgetrieben an die Kasernenmauer. Ein riesiger Berg-Troll ragte vor ihm auf, eine schwarze Masse rindenartiger Haut und Rüstung, und der Elf warf sich verzweifelt zur Seite, als ein enormer Streitkolben herabsauste. Er spürte einen stechenden Schmerz an der linken Schulter. Grimmig kämpfte er darum, sich aufrecht zu halten, und die Schmerzen durchfluteten seinen Körper, aber er stürzte schon. Er lag mit dem Gesicht auf der Erde und atmete keuchend. Eine entsetzliche Schwere lastete auf ihm, als er fühlte, wie der Kampf sich von ihm entfernte. Er versuchte, etwas zu erkennen, aber die Anstrengung war zu groß, und er versank in Bewußtlosigkeit, die nur zu Anfang noch von Schmerzfluten durchzuckt wurde.

*

Menion Leah beugte das blutverschmierte Gesicht über Höndels Leiche und hob die schlaffe Gestalt vorsichtig hoch. Mit schleppenden, mechanischen Schritten suchte er sich einen Weg zwischen den Leichen der Feinde zu bahnen, erreichte die Treppe und stieg langsam die Stufen hinauf zur offenen Tür, stieg, ohne hinzusehen, über den kopflosen Klumpen in scharlachroten Gewändern, der mitten auf der uralten Steintreppe lag. Wie ein Schlafwandler schritt der Hochländer durch die Tür und den leeren Korridor, die leblose Gestalt des Zwerges auf den Armen. Er schritt dahin mit leerem Blick, das Gesicht verzerrt von einem schrecklichen Ausdruck, dessen Qual stumm nach Erlösung schrie. Er erreichte die große Eingangshalle und blieb stehen, als im Ostkorridor schnelle Schritte laut wurden. Er legte seine Last sanft auf den Boden und blieb ruhig stehen, als das schlanke Mädchen mit den roten Haaren vor ihm auftauchte, das Gesicht tränenüberströmt.

»O Menion«, flüsterte sie. »Was haben sie getan?«

Seine Augen zuckten, seine Lippen bewegten sich stumm, als er nach Worten rang, die nicht kommen wollten. Shirl schlang die Arme um ihn und preßte ihr Gesicht an seine Brust. Sie spürte seine starken Arme an ihren Schultern, dann löste sich die furchtbare Qual in seinem Inneren und überflutete sie, um sich in ihrem Schweigen und ihrer Wärme aufzulösen.

Auf der Innenmauer überprüfte Balinor die Verteidigungslinie der Legion und atmete tief ein. Die Soldaten des Nordland-Heeres versammelten sich schon zum letzten Ansturm. Augenblicke zuvor war der für unüberwindbar gehaltene Außenwall gefallen, und die tapferen Soldaten der Grenzlegion waren gezwungen gewesen, sich auf die zweite Verteidigungslinie zurückzuziehen. Balinor schaute grimmig hinunter, als der Feind die Außenmauer überwand. Er umklammerte den Knauf seines Breitschwertes, bis seine Knöchel unter dem Kettenhemd weiß hervortraten. Rock und Umhang waren bei dem schrecklichen Kampf gegen die

Trolle zerfetzt worden. Balinor hatte die Mitte der Phalanx gehalten, aber beide Flügel waren zusammengebrochen. Ginnisson war getötet worden, Messaline schwer verwundet, und Hunderte von Südländern waren bei der Verteidigung umgekommen. Selbst Durin war im Kampfgetümmel verschwunden. Nun stand der König von Callahorn allein.

Er gab den Männern unten am Tor ein Zeichen. Der Kettenpanzer an seinem Arm schimmerte im ergrauenden Licht, und man sah, daß zahlreiche Hiebe das schützende Metall verformt hatten. Für Augenblicke ließ er zu, daß Mut und Hoffnung von der schwärzesten Verzweiflung verdrängt wurden. Alle hatten ihn im Stich gelassen. Eventine und die Elfen-Armee. Allanon. Das ganze Südland. Tyrsis stand am Rand der Vernichtung, mit der Stadt das ganze Land Callahorn, und niemand hatte sich eingefunden, um Beistand zu leisten. Die Legion hatte allein gekämpft, um alle anderen zu retten – die letzte Abwehr des Südlandes. Welchen Zweck hatte das erfüllt? Er ermannte sich und schob Zweifel und Bedrückung beiseite. Dies war nicht die Zeit, den Mut zu verlieren. Es galt viele Leben zu retten, und er war derjenige, auf den sich die anderen verließen.

Die Nordland-Armee baute ihre Reihen vor der Innenseite der Außenmauer auf, brachte die Sturmleitern, Seile und Wurfanker in Bereitschaft für den Angriff. Schon hatten einzelne Trupps von Berg-Trollen die Innenmauer während des Kampfes auf dem Exerzierplatz erklettert und waren in die Innenstadt eingedrungen. Balinor fragte sich kurz, was aus dem zuverlässigen Höndel und Menion Leah geworden sein mochte. Anscheinend hatten sie den Palast rechtzeitig erreicht und jeden Angriff von hinten unterbunden, sonst wäre die Stadt schon erobert worden. Nun würden sie sich halten müssen, für den Fall, daß vereinzelte Trupps des Feindes die Innenmauer überwanden und sich zum Palast durchkämpften.

Rußflocken aus den dicken Rauchwolken versengten ihm die Augen, und er rieb sie, bis sie heftig tränten. Alles schien von einem dichten, grauen Nebel umgeben zu sein, als er einen Blick auf die Befestigungen warf. Die Legion war in einer unhaltbaren Verteidigungsposition gegen einen zahlenmäßig weit überlegenen Feind, den alle seine bisherigen Verluste immer noch nicht entscheidend schwächten. Balinor dachte an Höndels Worte nach dem Tod des alten Königs und seines jüngeren Sohnes. Der letzte Buckhannah. Der Name würde mit ihm sterben, vergehen wie Tyrsis und seine Einwohner. Das nun schon vertraute Gebrüll drang in dröhnendem Chor aus den Kehlen der Nordland-Leute, und sie stürzten sich rücksichtslos auf die verteidigte Mauer. Die lange Narbe an der Wange Balinors färbte sich dunkelrot, und er hob drohend sein Schwert.

Im selben Augenblick erreichten die ersten zerstreuten Überreste der Troll-Vorhut die Brücke von Sendic und sammelten sich. Eine Reihe entschlossener Legionäre hielt die Brücke besetzt und versperrte den Zugang zum Schloß der Buckhannahs. Janus Senpre stand vor den anderen, neben ihm Menion Leah in aufrechter Haltung, das Schwert von Leah mit beiden Händen umklammernd, auf der anderen Seite Dayel, das jugendliche Gesicht angespannt. Hinter den Berg-Trollen wälzte sich Rauch heran, als die Gebäude der Stadt in Flammen aufgingen. Schreckensschreie übertönten den Kampfeslärm an der Innenmauer. In der Ferne sah man Gestalten über die verlassene Hauptstraße huschen. Stumm standen die Gegner einander gegenüber, und die Zahl der Trolle wuchs rasch an, als immer mehr auftauchten, um die eigenen Reihen zu verstärken. Sie betrachteten die Südländer mit dem ruhigen, erfahrenen Blick von Berufssoldaten, zuversichtlich in ihrem Wissen, die besten Kämpfer der Welt zu sein. Die Verteidiger auf der Brücke zählten keine fünfzig Mann.

Der Nachmittagshimmel war plötzlich schwarz geworden, und über die feindlichen Reihen legte sich eine unheimliche Stille. Irgendwo in der brennenden Stadt hörte Menion das Schreien eines kleinen Kindes. Dayel spürte, wie der kalte Nordwind seufzend erstarb. Die Riesen-Trolle vor ihnen ordneten sich zur

Kampfformation, die mächtigen Streitkolben locker in den Händen, dann setzten sie sich schwerfällig in Bewegung. Mitten auf der Brücke bereitete sich das letzte Verteidigungsaufgebot der Stadt auf den Ansturm der Feinde vor.

Auf dem Hügelkamm westlich der Stadt verfolgten Flick Ohmsford und der kleine Trupp Elfen-Reiter hilflos die Zerstörung von Tyrsis. Flick, der zwischen Eventine und Jon Lin Sandor auf seinem Pferd saß, sah seine letzte Hoffnung schwinden, als die Horden der gigantischen Nordland-Armee ungehindert durch die Breschen der Außenmauer strömten. Wolken aus schwarzem Rauch stiegen über Tyrsis auf, die letzten Überreste der einstmals stolzen Grenzlegion waren von den Wällen vertrieben. Der Widerstand der Stadt war gebrochen. Flick sah entsetzt, wie die grotesken Gestalten der Schädelträger deutlich sichtbar über dem vorrückenden Feind schwebten, die schwarzen Schwingen vor dem sich verdunkelnden Himmel weit gespreizt. Das Schlimmste, was Allanon vorausgesehen hatte, wurde Wirklichkeit. Der Dämonen-Lord hatte gesiegt.

Dann stieß ein Reiter zu seiner Linken einen Schrei aus, und Eventines gerötetes Gesicht huschte vorbei, als der Elfen-König sein Pferd antrieb und in seiner Ungeduld den Talbewohner wegstieß. Auf dem weiten Grasland, noch immer viele Meilen entfernt, erschien vor dem grauen Horizont eine dunkle Linie. Dumpf dröhnendes Hufgetrappel schwoll langsam an und vermischte sich mit dem Lärm der Schlacht.

Die dunkle Linie näherte sich rasch, vergrößerte sich schnell, und plötzlich wurden daraus Reiter, Tausende von Reitern mit Bannern und Lanzen. Der hallende Ton eines Kriegshorns kündigte ihr Herannahen an. Der kleine Trupp Elfen begann zu jubeln, als die riesige berittene Streitmacht die Ebene überschwemmte, mit halsbrecherischer Geschwindigkeit auf Tyrsis zustürmend. Aufmerksam geworden, hatte die Nachhut des Nordland-Heeres schon seine Reihen geschlossen und sich der herannahenden Flut zugewandt. Es war die Elfen-Armee, endlich eingetroffen, eingetroffen zur Verteidigung von Tyrsis, zum Beistand für die belagerten Nationen der drei Länder, zur Rettung von allem, das zu bewahren die Menschheit so große Anstrengungen über Jahrhunderte hinweg unternommen hatte. Eingetroffen – vielleicht zu spät.

6

Mit einer einzigen, blitzschnellen Bewegung zog Shea die uralte Klinge aus der verbeulten Scheide. Das Metall schimmerte im trüben Fackellicht bläulich-schwarz, die Eisenklinge makellos, als sei das legendäre Schwert im Kampf nie gebraucht worden. Das Schwert war unerwartet leicht, eine schmale, ausbalancierte Klinge von überragender Kunstfertigkeit, der Knauf verziert mit der erhobenen Hand, in der eine Fackel loderte. Shea hielt die Waffe fest umklammert, warf entschlossene Blicke auf Panamon Creel und Keltset, suchte nach Bestätigung, fürchtete sich plötzlich vor dem, was geschehen würde. Seine grimmig blickenden Begleiter regten sich nicht, ihre Gesichter wirkten leer und ausdruckslos. Er packte das Schwert nun mit beiden Händen und schwang die Klinge herum, bis sie zum Himmel zeigte. Seine Handflächen schwitzten, und er spürte, wie ein kalter Schauer über seinen Körper rann. Auf einer Seite regte sich etwas, und Orl Fanes Lippen entrang sich ein schwaches Stöhnen. Sekunden vergingen. Shea war sich der Knaufverzierung bewußt, die sich in die Innenflächen seiner zitternden Hände drückte. Noch immer geschah nichts.

... Im grauen Zwielicht der leeren Kammer auf dem Gipfel des Totenschädelberges waren die dunklen Wasser des Steinbekkens ruhig und glatt. Die Macht des Dämonen-Lords ruhte ...

Schlagartig erwärmte sich das Schwert von Shannara in Sheas

Händen, und eine sonderbare, pulsierende Hitzewelle übertrug sich vom dunklen Stahl auf die Handflächen des erstaunten Talbewohners, um sich gleich darauf wieder aufzuheben. Verblüfft trat er einen Schritt zurück und senkte die Klinge ein wenig. Einen Augenblick später folgte der Wärme ein Prickeln, das auch von der Waffe in seinen Körper überging. Obwohl es nicht mit Schmerzen verbunden war, zuckte Shea erschrocken zusammen, und er spürte, wie sich seine Muskeln verkrampften. Instinktiv wollte er das Schwert loslassen. Zu seiner Verwunderung war er dazu nicht mehr imstande. Irgend etwas tief in seinem Innersten untersagte es ihm, und seine Hände schlossen sich fest um den alten Knauf.

Das Prickeln lief durch seinen ganzen Körper, und er wurde sich einer Reaktion bewußt, die in einem Energiestrom bestand, wurzelnd in seiner Lebenskraft; er übertrug sich aus ihm auf das kalte Metall des Schwertes, bis die Waffe zu einem Teil seines Selbst geworden war. Die Vergoldung über dem Knauf löste sich unter den Händen des Talbewohners, und der Knauf wurde zu poliertem Silber, durchschossen von rötlichen Lichtstreifen, die im grellschimmernden Metall wie Lebewesen loderten und tanzten. Shea spürte die ersten Regungen einer Kraft, die im Erwachen begriffen war, etwas, das einen Teil von ihm bildete und doch allem fremd war, was er in sich ahnte. Es zerrte an ihm, verstohlen und doch entschlossen, zog ihn tiefer in sich selbst hinein.

Panamon Creel und Keltset, einige Schritte von Shea entfernt, verfolgten mit wachsender Besorgnis, daß der kleine Talbewohner in Trance zu geraten schien. Seine Lider sanken herab, sein Atem verlangsamte sich, seine Gestalt wurde im trüben Fackelschein zu einer Statue. Er hielt das Schwert von Shannara mit beiden Händen vor sich hoch. Die Klinge ragte auf, wies zum Himmel, der Glanz des Silberknaufs wurde beinahe unerträglich grell. Einen Augenblick lang überlegte Panamon Creel, ob er den Talbewohner packen und wachrütteln sollte, aber irgend etwas hielt den Dieb davon ab. Aus den Schatten kroch Orl Fane auf dem glatten, feuchten Boden heran, seinem kostbaren Schwert entgegen. Panamon zögerte einen Augenblick, dann stieß er ihn mit der Stiefelspitze zurück.

Shea fühlte, wie er nach innen gesogen wurde, gleich einem Korken auf einem Wasserstrudel. Ringsumher begann alles zu verblassen. Wände, Decke und Boden der Zelle verblaßten, dann die zusammengekauerte, winselnde Gestalt Orl Fanes; schließlich verschwanden sogar die Umrisse von Panamon und Keltset. Die seltsame, fremdartige Strömung schien ihn ganz zu erfassen, und er entdeckte, daß er sich ihr nicht zu widersetzen vermochte. Langsam wurde er in die tiefsten Schichten seines Wesens gezogen, bis alles Schwärze war.

. . . Ein Zittern lief über die stillen Beckengewässer in den Höhlentiefen an der Spitze des Totenkopfberges, und die angstvollen, kriechenden Wesen, die dem Meister dienten, huschten aus ihren Wandverstecken. Der Dämonen-Lord regte sich, aufgestört aus seinem Schlaf . . .

In dem Wirbel aus Emotion und innerstem Ich, das die zentrale Region seines Wesens darstellte, trat der Träger des Schwertes von Shannara sich selbst gegenüber. Einen Augenblick lang herrschte ein Chaos unbestimmter Eindrücke, dann schien die Strömung sich umzukehren und ihn in einer ganz anderen Richtung fortzutragen. Bilder und Eindrücke tauchten vor ihm auf. Plötzlich vor seine Augen gehoben, lag die Welt, die sein Geburtsort, seine Lebensquelle war, von der Vergangenheit bis zur Gegenwart nackt und offen vor ihm, aller Illusionen entkleidet, und er sah die Wirklichkeit des Seins in ihrer ganzen Strenge. Keine sanften Träume färbten ihre Lebensschau, keine Wunschphantasien verhüllten die Unbarmherzigkeit ihrer selbstgewählten Entscheidungen, keine selbsterfundenen Visionen von Hoffnung milderten die Schärfe ihres Urteils. Inmitten ihrer ungeheuren Weite sah er sich als den armseligen, unbedeutenden Funken kurz aufleuchtenden Lebens, der er war.

Sheas Geist schien zu explodieren, und was er sah, lähmte ihn. Er rang verzweifelt um jene Erkenntnis von sich selbst, die ihn stets aufrechterhalten hatte, rang darum, sich an die Vernunft zu klammern, kämpfte, um sich vor dem furchterregenden Blick auf seine innere Nacktheit und die Schwäche des Wesens zu schützen, als das sich zu erkennen er gezwungen war.

Dann schien die Heftigkeit der Strömung ein wenig nachzulassen. Shea öffnete mühsam die Augen, um der inneren Vision für Sekunden zu entgehen. Vor ihm ragte das Schwert empor, gleißend in einem blendend-weißen Licht, das von der Klinge zum Knauf herabflutete. Dahinter konnte er Panamon und Keltset sehen, regungslos, den Blick starr auf ihn gerichtet. Dann bewegten sich die Augen des Riesen-Trolls ein wenig und hafteten an dem Schwert. Darin lag ein seltsames Begreifen und Drängen, und als Shea auch wieder auf das Schwert von Shannara blickte, schien das Licht fiebrig zu pulsieren. Der Bewegung haftete etwas Ungeduldiges an, als wolle das Licht von der Klinge in seinen Körper dringen und sähe sich aufgehalten.

Der Talbewohner wehrte sich noch einen Augenblick länger gegen das Eindringen, dann schlossen sich seine Augen wieder, und die innere Vision kehrte zurück. Der erste Schock der Offenbarung war abgeklungen, und er strengte sich an, zu begreifen, was geschah. Er konzentrierte sich auf die Abbilder von Shea Ohmsford, tauchte ein in die Gedanken, Gefühle, Urteile und Motivationen, aus denen sein Charakter bestand, der gleichzeitig fremd und vertraut war.

Die Bilder nahmen eine erschreckende Schärfe an, und plötzlich sah er eine andere Seite seines Selbst, eine Seite, die er nie hatte erkennen können – oder einfach nicht hatte akzeptieren wollen. Sie offenbarte sich in einer endlosen Reihe von Geschehnissen, allesamt Karikaturen der Erinnerungen, an die er so stark geglaubt hatte. Hier wurde Rechenschaft abgelegt über alles, was er anderen zugefügt, über jede kleinliche Eifersucht, die er je empfunden hatte, über seine tiefverwurzelten Vorurteile, seine bewußten Halbwahrheiten, sein Selbstmitleid, seine Ängste – alles, was in ihm dunkel und verborgen war. Hier war der Shea Ohmsford, der aus dem Tal geflüchtet war, nicht, um Familie und Freunde zu beschützen und zu retten, sondern aus Angst um sein eigenes Leben, auf der Suche nach irgendeiner Ausrede für seine Panik – der Shea Ohmsford, der aus Eigensucht zugelassen hatte, daß Flick vom Alptraum mit betroffen wurde, damit die Qual sich vermindere. Hier war der Shea, der den Moralkodex von Panamon Creel verächtlich und hochmütig verdammt, gleichzeitig aber zugelassen hatte, daß der Dieb sein Leben riskierte, um Sheas Leben zu retten. Und hier . . .

Die Bilder setzten sich endlos fort. Shea Ohmsford zuckte entsetzt vor dem zurück, was er sah. Er konnte es nicht akzeptieren. Er konnte es niemals akzeptieren.

Aber sein Geist nährte sich aus einer inneren Quelle von Kraft und Verständnis, öffnete sich den Bildern, weitete sich, um sie zu umfassen, überredete – oder zwang ihn, die Wirklichkeit dessen anzuerkennen, was ihm gezeigt worden war. Er konnte diese andere Seite seines Charakters nicht wirklich leugnen; wie die dezimierte Abbildung der Person, für die er sich immer gehalten, war auch dies nur ein Teil des wahren Shea Ohmsford – aber es *war* ein Teil von ihm, so schwer es ihm auch fallen mochte, das zuzugeben.

Aber er mußte es zugeben. Es war die Wahrheit.

. . . Erfüllt von weißglühender Wut, erwachte der Dämonen-Lord vollends . . .

Wahrheit? Shea öffnete wieder die Augen, um das Schwert von Shannara anzustarren, das von der Klinge bis zum Knauf gleißend leuchtete. Eine warme, pulsierende Empfindung breitete sich rasch in ihm aus; sie brachte keine neue Vision des Selbst, sondern nur eine tiefe, innere Bewußtwerdung.

Schlagartig begriff er, daß er das Geheimnis des Schwertes kannte. Das Schwert von Shannara besaß die Macht, die Wahrheit zu offenbaren – den Mann, der es ergriff, zu zwingen, die Wahrheit über sich selbst zu erkennen, vielleicht sogar, die Wahrheit über andere zu offenbaren, die mit dem Schwert in Berührung kommen mochten. Einen Augenblick lang brachte er es nicht über sich, an all diese Dinge zu glauben. Er zögerte bei seiner Analyse, versuchte verzweifelt, dieser unerwarteten Offenbarung nachzugehen – mehr zu finden, denn da mußte einfach noch mehr sein. Aber es gab nichts anderes zu entdecken. Das war alles, was den gepriesenen Zauber des Schwertes ausmachte. Darüber hinaus stellte das Schwert nicht mehr dar, als es dem äußeren Anschein nach zu sein schien – eine kunstvoll gefertigte Waffe aus einer anderen Zeit.

Die Erkenntnis, was das bedeutete, zuckte durch Sheas Geist und ließ ihn betäubt zurück. Kein Wunder, daß Allanon das Geheimnis des Schwertes nie preisgegeben hatte. Was für eine Waffe sollte das sein, gegen die unfaßbare Macht des Dämonen-Lords? Welche Abwehr konnte sie gegen ein Wesen bieten, das mit wenig mehr als einem flüchtigen Gedanken ihm das Leben abzupressen vermochte? Mit eisiger Gewißheit erkannte Shea, daß er betrogen worden war. Die legendäre Macht des Schwertes war eine Lüge. Er spürte, wie die Panik in ihm aufstieg, und schloß die Augen, überrieselt von kalten Schauern. Die Schwärze um ihn begann heftig zu brodeln, bis er schwindlig wurde und das Bewußtsein zu verlieren drohte.

. . . Der Dämonen-Lord beobachtete und lauschte in der tristen, grauen Leere seines Felsrefugiums. Langsam legte sich seine Wut, und die nebelige Dunkelheit unter der Kapuze nickte befriedigt. Der Talbewohner, den er vernichtet geglaubt hatte, war noch am Leben. Trotz aller Widrigkeiten hatte er das Schwert gefunden. Aber der Mann war armselig schwach; das notwendige Wissen, um den Talisman zu begreifen, fehlte ihm. Er war von Angst schon überwältigt und würde verwundbar sein. Schnell und lautlos glitt der Meister aus dem Gewölbe . . .

*

Die hochgewachsene Gestalt Allanons zögerte auf dem Kamm eines nackten, windumtosten Hügels. Die schwarzen Augen unter den buschigen Brauen waren unsichtbar, als sie den dräuenden, isolierten Bergzug betrachteten, der sich am grauen Nordhorizont erhob. Die hohlwangigen, genarbten und verwitterten Gesichter der Gipfel schienen ihn anzustarren, die Seele des Landes widerspiegelnd, das sie vor so langer Zeit hervorgebracht hatte. Tiefe Stille hing erwartungsvoll über der riesigen Wildnis des Nordlandes. Selbst die Hochgebirgswinde waren erstorben. Der Druide wickelte sich fester in seine schwarzen Gewänder und atmete tief ein. Ein Irrtum war nicht möglich; seine weitreichende Wahrnehmung belog ihn nicht. Das, was zu erreichen er sich so bemüht hatte, war geschehen. In den fernen Winkeln der Messerkante, noch weit von der Stelle, wo Allanon stand, hatte Shea Ohmsford das Schwert von Shannara gezückt.

Und doch war alles falsch! Obwohl der Talbewohner imstande sein mochte, standzuhalten, die Wahrheit über sich selbst hinzunehmen und das Geheimnis des Schwertes zu erkennen, war er noch immer nicht bereit, den Talisman auf die richtige Weise gegen den Dämonen-Lord einzusetzen. Es würde ihm nicht die Zeit bleiben, die notwendige Zuversicht zu gewinnen, solange er allein und ohne Hilfe war, des Wissens entblößt, das nur Allanon ihm vermitteln konnte. Er würde erfüllt sein von Selbstzweifeln, zerrissen von Angst, eine leichte Beute für Brona. Schon konnte der Druide das Erwachen des Feindes spüren. Der Schwarze Lord begann mit dem Abstieg von seinem Felsrefugium, voll Zuversicht, daß der Träger des Schwertes blind war für die ganze Macht des Talismans. Seine Attacke würde blitzschnell und rücksichtslos erfolgen, und Shea würde vernichtet sein, bevor er lernen konnte, zu überleben.

Nur kurze Minuten blieben noch bis zur Konfrontation, und Allanon wußte, daß er niemals mehr rechtzeitig zur Stelle sein konnte. Er hatte schließlich eingesehen, daß Shea und das Schwert von Shannara nach Norden geraten sein mußten. Die anderen in

Callahorn zurücklassend, war er dem Talbewohner nachgeeilt, um ihm zur Seite zu stehen. Aber es war zu schnell gegangen. Nun gab es nur noch eine einzige Chance für ihn, Shea von Nutzen zu sein – eine ganz geringe –, und er war immer noch zu weit entfernt. Der Druide raffte seine Gewänder zusammen und eilte den Hang hinunter, mit den Füßen kleine Staubwolken aufwirbelnd, das Gesicht angespannt vor Entschlossenheit.

Panamon Creel wollte vortreten, als Shea auf ein Knie sank, aber Keltsets mächtiger Arm hielt ihn zurück. Der Troll hatte sich nach dem Höhleneingang umgedreht und lauschte. Panamon konnte nichts hören, aber plötzlich stiegen Angst und Entsetzen in ihm hoch. Er erstarrte. Keltsets Augen bewegten sich, als folgten sie einer Erscheinung im Korridor, der zur Zelle führte, und Panamons Furcht wurde größer.

Dann legte sich über alles ein Schatten. Das Fackellicht trübte sich. An der Zellentür stand eine hohe Erscheinung in schwarzen Gewändern. Panamon Creel wußte instinktiv, daß das der Dämonen-Lord war. Wo ein Gesicht hätte sein sollen, unter der weit nach vorn gezogenen Kapuze, sah man nichts als Dunkelheit und einen dichten grünen Nebel, der sich träge um zwei Funken rötlichen Feuers bewegte. Die Funken wandten sich zuerst Panamon und Keltset zu, verwandelten sie augenblicklich in regungslose Statuen, sandten alle Ängste und Schrecken, die sie je gekannt, durch ihre gelähmten Gestalten. Der Dieb mühte sich, dem kleinen Talbewohner eine Warnung zuzuschreien, aber er entdeckte, daß er nicht sprechen konnte, und sah hilflos zu, als die gesichtslose Kapuze sich Shea zuwandte.

Der Talbewohner spürte, wie er in der schattenhaften Feuchtigkeit der kleinen Zelle ins Bewußtsein zurückkehrte. Alles erschien ihm seltsam fern, auch wenn irgendwo in einem Winkel seines betäubten Gehirns undeutlich ein Warnsignal schrillte. Aber er reagierte träge, und eine Zeitlang gab es nichts als den muffigen Geruch verbrauchter Luft und das schwache Flackern einer einzelnen Fackel. Durch einen Nebel sah er die regungslosen Gestalten Panamons und Keltsets kaum eineinhalb Meter vor sich stehen, die Züge von Angst verzerrt. Orl Fane kauerte in der Ecke, zusammengekrümmt zu einer kleinen, gelben Kugel, die wimmerte und lallte. Die Klinge des Schwertes von Shannara aber schimmerte hell.

Dann drang ihm das Geheimnis des Schwertes schlagartig wieder ins Bewußtsein – und mit ihm die Hoffnungslosigkeit seiner Lage. Er wollte den Kopf heben, aber sein Hals schien so erstarrt zu sein wie seine Augen. Angst und Verzweiflung überfluteten ihn wie Eiswasser, und er begann darin zu ertrinken. Kalter Schweiß bedeckte seinen Körper, seine Hände zitterten. Ein einziger Gedanke beherrschte ihn: Flucht! Fort von hier, bevor das furchtbare Wesen, dessen verbotenes Reich er zu betreten gewagt hatte, ihn hier entdeckte und ihn vernichtete! Das Ziel, für das er alles auf sich genommen hatte, spielte keine Rolle mehr; alles, was sich in ihm noch regte, war der überwältigende Drang, die Flucht zu ergreifen.

Er richtete sich schwankend auf. Jede Faser seines Wesens kreischte ihm zu, herumzuwirbeln und zur Tür zu stürzen, das Schwert fortzuwerfen und zu fliehen. Aber er konnte es nicht tun. Irgend etwas in ihm weigerte sich, das Schwert loszulassen. Verzweifelt rang er darum, seine Angst zu bezwingen, und seine Hände schlossen sich fester um den Schwertknauf, umklammerten das Metall, bis die Fingerknöchel weiß hervortraten. Es war alles, was ihm noch blieb, alles, was zwischen ihm und kopfloser Panik stand. Er klammerte sich voll Verzweiflung daran, angehalten dazu von einem Talisman, dessen Nutzlosigkeit ihm sicher schien.

Sterbliches Wesen, ich bin hier!

Die Worte warfen ein schauriges Echo in der tiefen Stille. Sheas Augen mühten sich, zur Tür zu blicken. Zuerst fand er nur Schatten, dann verdichteten sich die Schatten langsam und wurden zu der in schwarze Gewänder gehüllten Gestalt des Dämonen-

Lords. Sie schwebte drohend an der Zellentür, ein undurchdringliches, schwarzes, formloses Gewand. Im Inneren der Kapuze wirbelte grüner Nebel, und die Flammenfunken, die seine Augen waren, loderten und wuchsen.

Sterbliches Wesen, ich bin hier. Beuge dich vor mir!

Shea wurde kalkweiß vor Furcht. Etwas Riesiges, Schwarzes traf seinen Geist, und er schwankte bedrohlich am schmalen Rand totaler Panik. Ein bodenloser Schlund schien sich vor ihm aufzutun. Es bedurfte nur noch eines kleinen Anstoßes . . . Er zwang sich zur Konzentration auf das Schwert und seinen eigenen, verzweifelten Trieb, am Leben zu bleiben. Ein blutroter Nebel legte sich über sein Gemüt und brachte die Stimmen zahlloser verdammter Seelen mit, die ohne Hoffnung um Gnade schrien. Kriechende, verkrümmte Kreaturen klammerten sich an seine Arme und Beine, zerrten an ihm, zogen ihn hinab in den Abgrund. Sein Mut verließ ihn. Er war so klein, so verletzlich. Wie konnte er einem so furchtbaren Wesen wie dem Dämonen-Lord widerstehen?

Auf der anderen Seite der Zelle verfolgte Panamon Creel, wie die schwarzgekleidete Gestalt Shea näherrückte. Der Dämonen-Lord schien ein Ding ohne Substanz zu sein, eine gesichtslose Kapuze, ein leeres Gewand. Shea konnte offenkundig mit ihm nicht fertig werden, ob mit oder ohne Schwert. Panamon sah Keltset warnend an, widerstand der aufsteigenden Panik in ihm und riß den Arm mit der Pike hoch. Die schwarze Gestalt wandte sich ihm fast beiläufig zu, nun nicht mehr leer, sondern erfüllt von ungeheurer Macht. Ein Arm bewegte sich, und der Dieb wurde von einem eisernen Griff am Hals gepackt und an die Wand geschleudert. Er bäumte sich noch einmal auf, um sich zu befreien, war aber festgekettet, und Keltset mit ihm. Hilflos sahen sie, wie der Dämonen-Lord sich Shea erneut zuwandte.

Für Shea war der Kampf nahezu vorbei. Er hielt das Schwert noch immer in Händen, aber vor dem Angriff des Schwarzen Lords brach sein letzter Widerstand zusammen. Er konnte nicht mehr klar denken. Er war machtlos gegen die Empfindungen, die ihn erledigten. Aus der Dunkelheit der Kapuze erreichte ihn ein schrecklicher Befehl.

Leg das Schwert weg, sterbliches Wesen!

Verzweifelt wehrte sich Shea gegen den Drang, zu gehorchen. Alles wurde nebelhaft, und er rang nach Atem. Tief in seinem Inneren schien eine vertraute Stimme seinen Namen zu rufen. Er versuchte zu antworten und kreischte innerlich um Hilfe. Dann durchfetzte ihn wieder die Stimme des Dämonen-Lords.

Leg das Schwert weg!

Die Klinge senkte sich. Shea fühlte, wie sein Gehirn der Betäubung erlag und die Dunkelheit näherrückte. Das Schwert nützte ihm nichts. Warum es nicht weglegen und das Ganze hinter sich bringen? Er war nichts, diesem schrecklichen Wesen gegenüber. Er war nur ein schwacher, unbedeutender Sterblicher.

Das Schwert sank tiefer. Orl Fane schrie plötzlich vor Entsetzen auf und krümmte sich schluchzend auf dem Boden der dunklen Zelle. Panamon war aschfahl geworden. Keltsets riesenhafte Gestalt schien sich in die Zellenwand verkriechen zu wollen. Das Schwert von Shannara sank herab, bis die Spitze nur noch Zentimeter über dem Boden schwebte.

Die Stimme in Sheas Gehirn meldete sich wieder. Aus dem Nichts erreichten ihn die Worte, so leise geflüstert, daß er sie kaum wahrnehmen konnte.

»Shea! Sei mutig! Vertrau dem Schwert!«

Allanon.

Die Stimme des Druiden minderte Ängste und Zweifel, die den Talbewohner beherrschten. Aber sie war so fern – so fern und weit . . .

»Glaub an das Schwert, Shea! Alles andere ist schwächer . . .«

Allanons Worte gingen in einem Wutschrei des Dämonen-Lords unter, als das Wesen die Stimme des verhaßten Druiden aus Sheas Gehirn verbannte. Aber Brona hatte zu spät reagiert. Allanon hatte eine Rettungsleine geworfen, und Shea klammerte sich daran, zog sich daran vom Rand des Abgrunds zurück. Ängste und Zweifel wichen. Das Schwert hob sich ein wenig.

Der Dämonen-Lord schien einen Schritt zurückzutreten, und die gesichtslose Kapuze drehte sich ein wenig in Orl Fanes Richtung. Der wimmernde Gnom richtete sich mit den ruckartigen Bewegungen einer Holzpuppe auf. Nicht länger Herr seiner selbst, stürzte die Marionette des Schwarzen Lords nach vorn, und die knochigen gelben Hände griffen verzweifelt nach dem Schwert. Orl Fanes Finger schlossen sich um die Klinge und zerrten ohne Erfolg daran. Dann kreischte Orl Fane plötzlich wie in Todesqual auf und riß die Hände zurück. Sein Gesicht verzerrte sich, er sank zu Boden, und seine Hände preßten sich auf die Augen, als wollten sie ein Schreckensbild fernhalten.

Wieder gestikulierte der Dämonen-Lord. Die zitternde Gestalt raffte sich erneut auf, und der Gnom griff ein zweites Mal an, vor Qual winselnd. Wieder packte er die leuchtende Klinge. Wieder kreischte er auf und sank auf die Knie, ließ den Talisman los, während Tränen aus seinen Augen stürzten.

Shea starrte auf die zusammengesunkene Gestalt. Er begriff, was geschehen war. Orl Fane hatte die Wahrheit über sich gesehen, so wie zuvor Shea selbst bei der ersten Berührung des Schwertes. Aber für den Gnomen war die Wahrheit unerträglich. Das Ganze erschien mehr als merkwürdig. Warum hatte Brona nicht selbst versucht, Shea das Schwert zu entwinden? Dem Anschein nach wäre das einfach genug gewesen; statt dessen hatte der Dämonen-Lord zuerst durch Sinnestäuschung versucht, Shea zur Hergabe des Schwertes zu zwingen; dann hatte er den schon wahnsinnigen Orl Fane als Werkzeug eingesetzt. Herr über soviel Macht, schien Brona trotzdem nicht imstande zu sein, das Schwert zu ergreifen. Shea suchte nach der Antwort, die nahe zu sein schien – dann zeigte sich ein erster Lichtschimmer.

Orl Fane war wieder auf den Beinen, den Befehlen des Dämonen-Lords widerstandslos ausgeliefert. Er ging in wilder Verzweiflung noch einmal auf den Talbewohner los, die Hände zu

Krallen gekrümmt. Shea versuchte ihm auszuweichen, aber Orl Fane war jeder Vernunft beraubt, seiner Seele nicht mehr mächtig. Mit einem Schrei der Angst und Selbstaufgabe warf er sich gegen das Schwert. Einen Augenblick lang verkrampfte sich die kleine Gestalt, als der Gnom mit dem einen Gegenstand, der ihm noch etwas bedeutete, zu verschmelzen schien. Für einen Augenblick – es war sein letzter. Dann starb er.

Betäubt wich Shea zurück und zog die Waffe aus dem leblosen Körper. Augenblicklich erneuerte der Dämonen-Lord seine Attacke und stürzte sich auf den Geist Sheas, um jeden Widerstand zu ersticken. Brutal und direkt gebrauchte er keine verstohlenen Zweifel mehr, keine Andeutung von Ungewißheit, keine List der Selbsttäuschung. Da war nur Angst, überwältigend und verheerend, geschleudert mit der Wucht eines Schmiedehammerhiebes. Visionen bemächtigten sich des Gehirns Sheas. Die unfaßbare Macht des Dämonen-Lords vergegenwärtigte sich, dargestellt auf tausend entsetzliche Arten, allesamt auf Sheas Vernichtung gerichtet. Shea fühlte sich degradiert zum winzigsten, bedeutungslosesten Lebewesen, das auf der Erde kroch; in der nächsten Sekunde, so schien es, würde der Dämonen-Lord den hilflosen Menschen zu Staub zertreten.

Aber Sheas Mut hielt stand. Er war dem Wahnsinn beinahe schon einmal anheimgefallen, und diesmal mußte er Widerstand leisten, mußte an sich und Allanon glauben. Seine beiden Hände umklammerten das Schwert, als er sich zwang, einen kleinen Schritt gegen den erstickenden Dunst vorzutreten, gegen die Mauer von Angst, die ihn einzuschließen drohte. Er versuchte sich einzureden, das sei nur Einbildung, die Furcht und die wachsende Panik, die er spürte, seien nicht aus ihm selbst gewachsen. Die Mauer gab ein wenig nach, und er stemmte sich stärker dagegen. Er erinnerte sich an den Tod Orl Fanes und errichtete auf diesem Gedanken ein Bild all derer, die noch sterben mußten, wenn er jetzt scheiterte. Und er konzentrierte sich auf das, was er für die Schwäche des Dämonen-Lords hielt, deutlich geworden in dem sonderbaren Zögern, selbst nach dem Schwert zu greifen. Shea zwang sich zu dem Glauben, daß das wahre Geheimnis der Macht des Talismans ein einfaches Gesetz war, das selbst ein so furchtbares Wesen wie Brona beeinflußte.

Der Nebel lichtete sich plötzlich, die Wand aus Angst zerfiel. Shea stand wieder vor dem Dämonen-Lord. Die roten Funken zuckten nun wild im trüben, grünen Nebel unter der Kapuze. Die Arme Bronas fuhren hoch, wie um eine drohende Gefahr abzuwehren, und die schwarze Gestalt wich vor Shea zurück. Panamon Creel und Keltset lösten sich plötzlich von der anderen Zellenwand und stürzten mit gezückten Waffen heran. Shea spürte, wie der letzte Widerstand des Dämonen-Lords zusammenbrach. Dann sauste das Schwert von Shannara herunter.

Ein unheimlicher Entsetzensschrei gellte aus den sich aufbäumenden Gewändern, ein langer Skelettarm fuhr in die Luft. Shea preßte die leuchtende Klinge auf die sich windende Gestalt und trieb sie zurück an die Wand. Es würde kein Entkommen geben, schwor er sich. Das ungeheure Böse dieses Wesens mußte ein Ende finden. Die dunklen Gewänder vor Shea bebten, die gekrümmten Finger krallten ins Leere. Der Dämonen-Lord begann zu zerfallen, und er schrie seinen Haß auf den, der ihn vernichtete, hinaus. Über seinem Schrei kreischte das Echo von tausend anderen Stimmen nach einer Rache, die ihnen zu lange vorenthalten worden war.

Shea spürte, wie das Entsetzen des Wesens durch das Schwert in sein Inneres flutete, aber mit ihm kam Kraft von diesen anderen Stimmen. Die Berührung des Schwertes trug eine Wahrheit mit sich, die durch allen Zwang des Dämonen-Lords nicht geleugnet werden konnte. Es war eine Wahrheit, die er nicht zugeben, nicht akzeptieren, nicht ertragen konnte – eine Wahrheit, gegen die es keine Abwehr gab. Für den Dämonen-Lord war die Wahrheit Tod.

Bronas körperliche Existenz war nur eine Illusion. Schon vor langer Zeit hatten die Mittel, mit denen es ihm gelungen war, sein sterbliches Leben zu verlängern, versagt, und sein Körper war gestorben. Seine besessene Überzeugung, daß er nicht vergehen konnte, hielt jedoch einen Teil von ihm am Leben, und er erhielt sich fort durch eben jene Zauberei, die ihn zum Wahnsinn getrieben hatte. Seinen eigenen Tod bestreitend, hielt er seinen leblosen Körper zusammen, um die Unsterblichkeit zu erlangen, die ihm versagt worden war. Ein Wesen, das als Teil von zwei Welten existierte, mit scheinbar unbezwingbarer Macht. Aber nun zwang das Schwert ihn, sich als das zu erkennen, was er in Wirklichkeit war – eine verrottete, leblose Hülle, aufrechterhalten nur durch einen irrigen Glauben an seine eigene Wirklichkeit, nichts als Schein, eine Vorspiegelung, allein von Willenskraft geschaffen, so flüchtig wie das körperliche Wesen, das zu sein er vorgab. Es war eine Lüge, die in den Ängsten und Zweifeln sterblicher Menschen existiert hatte und gediehen war, eine Lüge, die er geschaffen hatte, um die Wahrheit zu verhüllen. Aber nun war die Lüge entblößt.

Shea Ohmsford hatte die Gebrechlichkeiten und Schwächen akzeptieren können, die Teil seiner menschlichen Natur waren, wie bei allen Menschen. Der Dämonen-Lord dagegen konnte niemals hinnehmen, was das Schwert offenbarte, weil es die Wahrheit war, daß das Wesen, für das er sich hielt, schon vor fast tausend Jahren aufgehört hatte zu existieren. Alles, was von Brona geblieben war, entpuppte sich als Lüge, und nun wurde auch sie ihm von der Macht des Schwertes genommen.

Er schrie ein letztes Mal auf, ein Wimmern des Protestes, das klagend durch die Zelle hallte und sich mit dem anschwellenden Triumphschrei des vielstimmigen Rachechors vermischte. Dann erstarb jeder Laut. Der ausgestreckte Arm begann zu verdorren und zu Staub zu zerfallen. Asche rieselte von der erbebenden Gestalt, als der Leib unter den Gewändern sich auflöste. Die roten Lichter im verblassenden grünen Nebel leuchteten noch einmal auf und erloschen. Das Gewand sank in sich zusammen und fiel leer auf den Boden, die Kapuze obenauf.

Einen Augenblick später begann Shea zu schwanken. Zu viele Empfindungen hatten an seinen Nerven gezerrt, zu viel Anspannung über zu lange Zeit hinweg forderte ihren Preis. Der Boden unter seinen Füßen schien zu kippen, und er stürzte in die Dunkelheit hinein.

In Tyrsis erreichte der lange, schreckliche Kampf zwischen erdgebundenen Sterblichen und Geisterwesen mit schockierender Plötzlichkeit seinen Höhepunkt. Tief im felsverkrusteten Inneren begann die Erde zu grollen, und die Druckwellen breiteten sich in gleichmäßigen, bedrohlichen Stößen aus. Auf den niedrigen Hügeln östlich von Tyrsis mühten sich die Elfen-Reiter verzweifelt, ihre scheuenden Pferde zu beruhigen, und Flick Ohmsford starrte verwirrt ins Leere, als das Land ringsum sich aufzubäumen begann. Auf der Innenmauer wehrte die riesige, unbezwingbare Gestalt Balinors einen Ansturm nach dem anderen ab, als die Nordland-Armee vergeblich versuchte, die Verteidigungslinie zu durchbrechen, und mehrere Minuten lang blieben die Erdstöße im allgemeinen Getümmel unbemerkt. Auf der Brücke von Sendic hielten die vorrückenden Trolle an und schauten sich unsicher um, als das Grollen immer lauter wurde. Menion Leah zuckte zusammen, als lange Risse im Boden auftauchten, und die Verteidiger der Brücke machten sich bereit zur Flucht. Die starken Vibrationen nahmen zu und steigerten sich mit erschreckender Gewalt zu einer gigantischen Folge krachender Stöße, die Erde und Gestein in Bewegung brachten. Der Wind stürzte sich mit ungeheurer Wut auf das Land und zerstreute die Elfen-Armee, die Tyrsis entgegenstürmte. Von Culhaven im Anar bis zu den fernsten Winkeln des riesigen Westlandes heulte der Sturmwind. Riesige Bäume wurden umgerissen, ganze Felsformationen donnerten herab und zerfielen zu kleinerem Gestein, als die ungeheure Kraft von Wind und Erdbeben die vier Länder erfaßte. Der Himmel war von undurchdringlichem Schwarz – sonnenlos und leer, so, als sei der Himmel mit einem einzigen breiten Pinselstrich ausgelöscht worden. Riesige, gezackte Blitzstrahlen von finsterem Rot zuckten durch die Dunkelheit und umspannten den Himmel von Horizont zu Horizont in einem unfaßbaren Geflecht elektrischer Energie. Es war das Ende der Welt. Es war das Ende allen Lebens. Der Untergang, der seit Anbeginn des gesprochenen Wortes prophezeit war, stand bevor.

Aber einen Augenblick später war es vorbei; schlagartig herrschte allumfassende Stille. Sie lastete über allem, bis aus der undurchdringlichen Schwärze klagende Schreie drangen, die bald zu gellendem, qualvollem Gebrüll auswuchsen. In Tyrsis war der Kampf zum Erliegen gekommen. Die Männer aus Nord und Süd verfolgten entsetzt, wie die Schädelträger gleich gestaltlosen Gespenstern zum Himmel aufschwebten, geschüttelt von unaussprechlicher Todesqual, sich verrenkend und kreischend. Sie hingen für Augenblicke über den Menschen, die vor Angst wie gelähmt waren. Dann zerfielen die geflügelten Wesen, ihre schwarzen Körper lösten sich in Asche auf. Sekunden später war nichts geblieben als die ungeheure, leere Schwärze, die sich mit gewaltiger Geschwindigkeit zu bewegen begann, in Richtung Norden davonfegend, sich zusammenziehend. Blauer Himmel tauchte auf, zuerst im Süden, dann im Osten und Westen, die Sonne überstrahlte das Land mit blendender Helligkeit. Staunend sahen die Sterblichen, wie die Schwärze sich zu einer einzelnen dunklen Wolke im Norden zusammenzog, regungslos über dem Horizont schwebte und dann in der Erde versank, um für immer zu verschwinden.

Die Zeit verrann, und Shea schwebte besinnungslos in einer riesigen, schwarzen Leere.

»Ich glaube nicht, daß er es überlebt hat.«

Eine Stimme drang von irgendwo weit her in sein Inneres. Seine Hände und sein Gesicht spürten plötzlich kaltes, glattes Gestein an der warmen Haut.

»Wartet, seine Augen zucken. Ich glaube, er kommt zu sich.«

Panamon Creel. Shea öffnete die Augen und sah sich auf dem Boden der kleinen Zelle liegen. An der Mauer flackerte eine Fakkel und verbreitete trübes Licht. Er war wieder er selbst. Eine Hand umklammerte noch das Schwert von Shannara, doch die Kraft des Talismans hatte ihn verlassen, das seltsame Band, das sie für kurze Zeit zusammengehalten hatte, war zerrissen. Er schob sich mühsam auf Hände und Knie, aber ein tiefes, drohendes Grollen erschütterte den Boden, und er stürzte wieder hin. Kräftige Hände griffen nach ihm und verhinderten, daß er sich verletzte.

»Langsam, langsam, nur ruhig«, sagte Panamon Creel an seinem Ohr. »Laß dich ansehen. Komm, schau mich an.« Er drehte den kleinen Talbewohner herum, und ihre Blicke begegneten sich. In den Augen des Diebes flackerte ganz kurz ein wenig Angst auf, dann lächelte er. »Er ist in Ordnung, Keltset. Und jetzt weg von hier.« Er zog Shea hoch und ging mit ihm zur Tür. Keltset war schon auf dem Weg. Shea machte ein paar unsichere Schritte und blieb stehen. Irgend etwas hielt ihn zurück.

»Ich bin in Ordnung«, murmelte er.

Dann fiel ihm plötzlich alles ein – die Macht des Schwertes, durch seinen Körper flutend, seine inneren Visionen von der Wahrheit über sich selbst, der furchtbare Kampf gegen den Dämonen-Lord, der Tod Orl Fanes ... Er schrie auf.

Panamon Creel griff instinktiv nach ihm und drückte ihn an sich.

»Es ist gut, Shea, alles ist vorbei. Du hast es geschafft – du hast gesiegt. Der Dämonen-Lord ist vernichtet. Aber der ganze Berg scheint auseinanderfallen zu wollen. Wir müssen von hier weg, bevor über uns alles zusammenkracht.«

Das Grollen war immer stärker geworden, und von der Höhlendecke fielen Gesteinsbrocken herunter. Risse tauchten im Boden auf, alles schien zu schwanken. Shea sah Panamon an und nickte.

»Dir geschieht nichts«, sagte Panamon. »Ich bringe dich hinaus. Keine Sorge.«

Schnell liefen die drei Männer hinaus in den Korridor. Der Felstunnel wand sich durch das Innere der Messerkante, die unebenen Wände waren von Rissen durchzogen. Immer größere Spalten taten sich auf, als das Grollen zunahm und die Wände zu zerfallen begannen. Der Berg bäumte sich auf. Die Erde drohte aufzuklaffen und den Berg zu verschlingen, geschüttelt von den donnernden Stößen, die aus dem Erdinnern heraufdrangen. Shea und seine beiden Begleiter eilten durch zahllose kleine Gänge und Kammern, ohne einen Ausgang zu finden. Mehrmals wurde der eine oder andere von herabstürzendem Geröll niedergerissen, aber sie vermochten sich immer wieder zu befreien. Große Felsblöcke stürzten krachend vor ihnen herab und versperrten den Weg, aber Keltset wälzte sie mit seiner ungeheuren Kraft beiseite. Shea verlor jedes Gefühl dafür, was mit ihnen geschah. Eine sonderbare Schwäche überfiel ihn, drückte ihn nieder und nahm ihm die letzte Energie. Als er glaubte, nicht mehr weiterzukommen, stützte ihn Panamon und half ihm über die Hindernisse hinweg.

Sie hatten ein besonders schmales Stück des Tunnels erreicht, der scharf nach rechts abknickte, als ein besonders heftiges, krampfhaftes Beben den sterbenden Berg schüttelte. Die ganze Tunneldecke klaffte auseinander und sackte herab. Panamon schrie verzweifelt auf und riß Shea vor sich nieder, bemüht, ihn mit seinem eigenen Körper zu decken. Keltset war augenblicklich zur Stelle und stemmte sich mit den riesigen Schultern gegen die Tonnenlast. Staub stieg in erstickenden Wolken auf. Panamon Creel zog den Talbewohner hoch und schob ihn an der sich gegen die Felsdecke stemmenden Gestalt des Riesen-Trolls vorbei. Shea hob den Kopf, als er über das Geröll kletterte, und die sanften Augen Keltsets erwiderten seinen Blick. Die Decke sank noch ein Stück herab, und Keltsets Gigantengestalt stemmte sich mit ganzer Kraft dagegen. Shea zögerte, aber Panamon packte ihn an der Schulter und zerrte ihn mit sich, hinaus durch die Biegung in einen breiteren Gang. Sie sanken auf einem Hügel von Felsbrocken und Staub zusammen und rangen nach Luft. Sie konnten Keltset sehen, der immer noch die zerbröckelnde Felsdecke mit seinen Schultern trug. Panamon wollte aufstehen und in den Korridor zurücklaufen, aber ein mächtiges Knirschen ging durch das Berginnere, die Felsmassen malmten und kreischten, und der ganze Tunnel hinter ihnen stürzte donnernd ein. Tonnen von Gestein krachten herunter, der Weg hinter Panamon und Shea war verschüttet. Shea brüllte auf und warf sich gegen die Felsbarriere, aber Panamon riß ihn zurück.

»Er ist tot. Wir können ihm nicht mehr helfen.«

Shea starrte ihn mit weit aufgerissenen Augen an.

»Los – weg hier!« schrie der Dieb zornig. »Willst du, daß er umsonst gestorben ist? Los, sage ich!«

Er stieß Shea vor sich her durch den noch offenen Teil des Tunnels. Das dumpfe Grollen setzte sich fort, der ganze Berg vibrierte, und eine Reihe heftiger, rasch hintereinander folgender Erdstöße schleuderte die beiden Männer beinahe zu Boden. Sie wankten weiter. Shea lief wie ein Blinder, die Augen von Staub und Tränen verklebt. Es wurde immer schwerer, etwas zu sehen, und er blinzelte und kniff die Augen zusammen. Panamons keuchende Atemzüge rasselten an seinem Ohr, und er spürte im Rücken den eisernen Haken des Armstumpfes, der ihn vorwärtstrieb. Felssplitter fielen von Wänden und Decken und regneten auf seinen ungeschützten Körper herab, verletzten ihn und zerfetzten die Kleidung. Mit beiden Händen umklammerte er das leuchtende Schwert, das ihm jetzt nicht mehr von Nutzen war, außer als Beweis dafür, daß das, was sich zugetragen hatte, nicht die Ausgeburt einer Fieberphantasie war.

Schlagartig hatte der Tunnel im grauen Licht des Nordland-Himmels ein Ende, und sie hatten den Berg hinter sich. Vor ihnen lagen die Leichen der Trolle und Muten. Ohne anzuhalten, hetzten die beiden Männer zur Mündung des gewundenen Passes, der die Messerkante durchschnitt. Die steinharte Erde bebte und schwankte mit ungeheurer Heftigkeit, lange Risse zogen sich herüber vom Fuß des Schädelberges und reichten weiter zum Ring natürlicher Hindernisse um das verbotene Land. Ein plötzliches Krachen und Knirschen, lauter als alles andere vorher, ließ die beiden Fliehenden herumfahren. Sprachlos sahen sie, wie das hagere Gesicht des Totenschädels zusammensackte und auseinanderbrach. Alles schien gleichzeitig zu bersten, und das Zeichen des Dämonen-Lords verschwand, als Tausende Tonnen Gesteins zusammenstürzten; der Totenschädel-Berg hörte auf zu existieren. Eine riesige Wolke gelben Staubes stieg himmelwärts, ein ungeheurer, dröhnender Laut entrang sich dem Inneren der Erde und hallte durch die riesige Leere des Nordlandes. Tobende Winde fegten über die Reste des sterbenden Berges, und das Grollen in der Erde steigerte sich erneut. Entsetzt sah Shea, wie die ganze Messerkante unter der Wucht dieser neuen Regung zu erbeben begann.

Panamon rannte bereits wie ein Gehetzter zum Paß, den betäubten Shea mit sich ziehend, aber diesmal brauchte der Talbewohner keinen Stachel; er flog dahin, wie von Furien gehetzt. Aus einem letzten Reservoir von Mut und Entschlossenheit holte er sich die Kraft, sich auf den Beinen zu halten, und Panamon Creel entdeckte plötzlich verblüfft, daß er alle Mühe hatte, mit Shea Schritt zu halten. Als sie den Paß erreichten, begannen Teile der hochragenden Messerkante auseinanderzubrechen und herabzustürzen, unter Knirschen und Donnern, das die Trommelfelle schier zu zerreißen drohte, während die Erde unablässig weiterbebte. Riesige Felsblöcke stürzten mit vernichtender Wucht in die Schluchten, und eine unübersehbare Geröllawine rutschte von den Gipfeln herab, mit jeder Sekunde an Masse und Geschwindigkeit zunehmend. Mitten durch diesen Weltuntergang hetzten und sprangen die beiden Südländer – der zerlumpte Shea, halb ein Elf, halb ein Mensch, der sein altes Schwert trug, und der einarmige Dieb. Die Wut des Sturmwindes erfaßte auch sie und trieb sie noch schneller durch den Hagel aus Steinen und

Staub. An Biegungen und Winkeln huschten sie vorbei, und sie wußten, daß sie sich dem anderen Ende der Schlucht näherten, wo das offene Vorgebirge begann. Shea nahm plötzlich wahr, daß sein Sehvermögen wieder nachließ, und er taumelte unsicher dahin, während er sich wütend die Augen rieb.

Plötzlich schien die ganze Westseite der Schlucht auseinanderzubersten und auf die beiden Männer herabzustürzen, um sie unter Fels- und Erdmassen zu begraben. Etwas Scharfes traf Sheas Hinterkopf, und für einen Moment wurde ihm schwarz vor den Augen. Er lag halb begraben unter Geröll, bemüht, wenigstens einen einigermaßen klaren Gedanken zu fassen. Dann schaufelte Panamon ihn frei, hob ihn auf und hielt ihn aufrecht. Durch einen grauen Nebel sah Shea Blut auf dem Gesicht seines Begleiters. Er richtete sich auf und stützte sich auf das Schwert von Shannara.

Panamons Hand wies auf den Paß hinter ihnen. Sheas Blick glitt an ihm vorbei. Entsetzt sah er ein mißgestaltetes, schwankendes Wesen aus dem Staubsturm auf sie zutaumeln. Ein Muten! Das formlose Gesicht, gebildet wie aus einem künstlichen Stoff, wandte sich ihnen zu, und das Ungeheuer tappte vorwärts. Panamon sah Shea an und lächelte grimmig.

»Er ist uns von drüben gefolgt. Ich dachte, wir könnten ihn hier abschütteln, aber er gibt nicht auf.« Er stand langsam auf und zog sein Breitschwert heraus.

»Lauf weiter, Shea. Ich komme bald nach.«

Shea glotzte ihn an und schüttelte stumm den Kopf. Er glaubte, sich verhört zu haben.

»Wir können ihn abschütteln«, stieß er hervor. »Wir sind ohnehin schon fast über den Paß. Dort können wir uns beide auf ihn stürzen.«

Panamon schüttelte den Kopf und lächelte traurig.

»Diesmal nicht, fürchte ich. Ich habe mich am Bein verletzt. Ich kann nicht mehr laufen.« Er schüttelte den Kopf, als Shea etwas sagen wollte. »Ich will nichts hören, Shea. Lauf – und bleib nicht stehen!«

Shea liefen die Tränen übers Gesicht.

»Das kann ich nicht!«

Das ganze Gebirge erbebte in den Grundfesten und warf Panamon und Shea zu Boden. Felsklötze stürzten von den zerbrökkelnden Wänden herab. Der Muten stapfte hirnlos auf sie zu, unbeeindruckt von den Erdstößen. Panamon raffte sich mühsam auf und zog Shea hinter sich her.

»Der ganze Paß bricht zusammen«, sagte er. »Wir haben keine Zeit, uns zu streiten. Ich kann für mich selbst sorgen – wie früher, bevor ich dich oder Keltset traf. Ich will, daß du läufst – bring den Paß hinter dich!« Er legte die Hand auf die schmale Schulter des Talbewohners und schob ihn weg. Shea trat ein paar Schritte zurück und zögerte, hob das Schwert von Shannara beinahe drohend. Panamon Creels Gesicht zeigte Überraschung, dann grinste er und funkelte Shea an.

»Wir treffen uns wieder, Shea Ohmsford. Warte, bis ich komme.« Er winkte mit dem Haken und wandte sich dem Muten zu. Shea starrte ihm nach. Seine Augen mußten ihn täuschen – es sah so aus, als hinke der scharlachrote Dieb gar nicht. Dann grollten die Erdstöße wieder durch das ganze Gebirge, und Shea hetzte zu den Vorbergen. Durch lockeres Geröll und Erde taumelnd und springend, hinwegsetzend über alle Hindernisse, die von den Höhen der Messerkante herabstürzten, lief er weiter – allein.

7

Der Nachmittag war fast vergangen. Das Sonnenlicht teilte in langen, dunstigen Strahlen die dahinziehenden Wolken und berührte das nackte, leere Nordland mit wärmenden Fingern. Hier und dort erfaßte der Sonnenschein kleine Fleckchen Grüns – die ersten Anzeichen dauerhaften Lebens, das eines baldigen Tages hier erblühen würde, aus einer Erde, die so viele Jahre lang ausgetrocknet und unfruchtbar gewesen war. In der Ferne zeichneten sich die ihrer Gipfel beraubten Berge der geborstenen Messerkante vor dem Horizont ab, und im verwüsteten Tal dahinter hing noch immer der Staub über den Ruinen des Schädelreiches.

Shea schien aus dem Nichts aufzutauchen, auf ziellloser Wanderschaft durch das Gewirr von Schluchten und Graten im Vorgebirge unterhalb der Messerkante. Halb blind und völlig erschöpft taumelte die zerlumpte Gestalt dahin. Shea kam auf Allanon zu, ohne ihn zu sehen, mit beiden Händen den Silberknauf des Schwertes umklammernd. Der Druide starrte den wankenden, abgerissenen jungen Mann einen Augenblick sprachlos an, dann stieß er einen Schrei der Erleichterung aus, stürzte auf Shea Ohmsford zu und umarmte ihn.

Der Talbewohner schlief lange Zeit, und als er erwachte, war die Nacht hereingebrochen. Er lag im Schutz eines Felsüberhanges an einer breiten Schlucht. Ein kleines Holzfeuer knisterte und lieferte zusätzliche Wärme zu dem Mantel, in den Shea gewickelt war. Sein Blick war wieder klarer geworden. und er starrte hinauf zu einem sternenbesetzten Nachthimmel. Er lächelte unwillkürlich. Er kam sich vor, als sei er wieder in Shady Vale. Einen Augenblick später trat Allanons dunkler Schatten in den schwachen Feuerschein.

»Fühlst du dich besser?« fragte der Druide zur Begrüßung und setzte sich. Es war etwas Merkwürdiges um ihn. Er wirkte menschlicher, weniger unheimlich, und seine Stimme klang ungewohnt herzlich.

Shea nickte.

»Wie habt Ihr mich gefunden?«

»Du hast mich gefunden. Erinnerst du dich an nichts?«

»Nein, an nichts nach . . .« Shea zögerte. »War da irgend jemand – habt Ihr jemanden außer mir gesehen?«

Allanon betrachtete seine sorgenvolle Miene, als überlege er, was er antworten solle, dann schüttelte er den Kopf.

»Du bist allein gewesen.«

Shea spürte ein Würgen in der Kehle, legte sich zurück und schluckte krampfhaft. Auch Panamon war also tot. Das hatte er nicht erwartet.

»Geht es dir besser?« fragte die tiefe Stimme des Druiden. »Möchtest du jetzt etwas essen? Ich glaube, es wäre gut für dich, wenn du es tätest.«

»Ja.« Shea setzte sich auf und zog den Mantel fester um sich. Allanon schöpfte Suppe in eine kleine Schüssel. Der Duft stieg Shea verlockend in die Nase. Dann dachte Shea plötzlich an das Schwert von Shannara und suchte in der Dunkelheit danach. Er entdeckte es schnell; es lag, schwach leuchtend, in seiner Nähe. Ein zweiter Gedanke veranlaßte ihn, in den Taschen seines Rokkes nach den Elfen-Steinen zu suchen. Er konnte sie nicht finden. Er geriet in Panik und suchte verzweifelt nach dem kleinen Lederbeutel, aber ohne Erfolg. Die Steine waren verschwunden. Shea sank betroffen zurück. Vielleicht hatte Allanon . . .

»Allanon, ich kann die Elfen-Steine nicht finden«, stieß Shea hervor. »Habt Ihr –?«

Der Druide trat zu ihm und reichte ihm die dampfende Suppe und einen kleinen Holzlöffel. Sein Gesicht war ein undurchdringlicher schwarzer Schatten.

»Nein, Shea. Du mußt sie verloren haben, als du aus der Messerkante geflohen bist.« Er sah den entsetzten Ausdruck in Sheas Gesicht und klopfte ihm begütigend auf die Schulter. »Es hat keinen Sinn, sich darüber jetzt noch Gedanken zu machen. Die Steine haben ihre Aufgabe erfüllt. Ich möchte, daß du etwas ißt und dann wieder schläfst – du brauchst Ruhe.«

Shea schlürfte mechanisch die Suppe. Er konnte den Verlust der Elfen-Steine nicht so leicht verwinden. Sie hatten ihn von Anfang an begleitet und bei jedem Schritt sein Leben geschützt. Wie konnte er nur so unvorsichtig gewesen sein? Er dachte nach und versuchte vergeblich, sich zu erinnern, wo er sie verloren haben mochte. Es hatte keinen Zweck. Das konnte überall gewesen sein.

»Es tut mir sehr leid mit den Elfen-Steinen«, sagte er leise.

Allanon zuckte die Achseln und lächelte schwach. Er wirkte müde und auf irgendeine Weise älter, als er sich zu Shea setzte. »Vielleicht tauchen sie später wieder auf.«

Shea aß stumm die Suppe, und Allanon füllte die kleine Schüssel ein zweites Mal. Die warme Brühe tat dem erschöpften Talbewohner gut, und eine bleierne Müdigkeit breitete sich in seinem Körper aus. Die Augen wollten ihm wieder zufallen. Es wäre so leicht gewesen, sich dem Schlaf zu überlassen, aber er wollte nicht. Zu viele Dinge beschäftigten ihn noch, zu viele Fragen waren ohne Antwort geblieben. Er wollte die Antworten jetzt hören, von dem einzigen, der sie ihm geben konnte. Soviel hatte er sich verdient, nach allem, was er durchgemacht hatte.

Er schob sich wieder hoch und bemerkte, daß Allanon ihn scharf beobachtete. In der Ferne zerriß ein lauter Vogelschrei die tiefe Stille. Shea lauschte. Das Leben kehrte zurück ins Nordland – nach all der Zeit. Er stellte die Suppenschüssel auf den Boden und wandte sich Allanon zu.

»Können wir uns unterhalten?«

Der Druide nickte stumm.

»Warum habt Ihr mir nicht die Wahrheit über das Schwert gesagt?« fragte Shea leise. »Warum nicht?«

»Ich habe dir alles gesagt, was du wissen mußtest.« Allanons verschattetes Gesicht blieb unbewegt. »Das Schwert selbst verriet dir das übrige.«

Shea starrte ihn ungläubig an.

»Es war notwendig, daß du das Geheimnis des Schwertes von Shannara selbst enträtselt hast«, fuhr der Druide fort. »Ich konnte dir das nicht erklären – du mußtest es selbst erleben. Du mußtest lernen, zuerst die Wahrheit über dich selbst zu akzeptieren, bevor dir das Schwert als Talisman gegen den Dämonen-Lord von Nutzen sein konnte. Ich konnte in diesen Prozeß nicht direkt eingreifen.«

»Hättet Ihr mir dann nicht wenigstens sagen können, weshalb das Schwert Brona vernichten würde?« drängte Shea.

»Was wäre dann mit dir geschehen?«

Shea runzelte die Stirn.

»Ich verstehe dich nicht.«

»Wenn ich dir alles verraten hätte, was ich wußte – wobei man bedenken muß, daß du auch dann nicht über das Wissen verfügt hättest, das du jetzt besitzt –, hätte dir das wirklich geholfen? Wärst du fähig gewesen, die Suche nach dem Schwert fortzusetzen? Hättest du das Schwert gegen Brona erheben können, mit dem Wissen, daß es nicht mehr leisten würde, als ihm die Wahrheit über sich selbst zu zeigen? Hättest du mir überhaupt geglaubt, wenn ich behauptet hätte, ein Ungeheuer vom Schlage des Dämonen-Lords sei auf so einfache Weise zu besiegen?« Er beugte sich vor. »Oder hättest du nicht auf der Stelle aufgegeben? Wieviel Wahrheit hättest du ertragen können?«

»Ich weiß es nicht«, erwiderte Shea zweifelnd.

»Dann will ich dir etwas sagen, das ich dir vorher verschweigen mußte. Vor fünfhundert Jahren wußte Jerle Shannara dies alles – und er scheiterte trotzdem.«

»Aber ich dachte –«

»Daß er erfolgreich gewesen wäre?« fiel Allanon ein. »Wäre er wirklich erfolgreich gewesen, hätte der Dämonen-Lord dann nicht vernichtet gewesen sein müssen? Nein, Shea, Jerle Shannara hatte keinen Erfolg. Brimen vertraute dem Elfen-König das Schwert an, weil auch er glaubte, der Träger des Schwertes sei für die Begegnung mit Brona besser vorbereitet, wenn er wüßte, wie der Talisman wirke. Das war nicht der Fall. Obwohl Jerle Shannara darauf hingewiesen worden war, daß er der Wahrheit über sich selbst ausgesetzt sein würde, sah er sich auf die Entdeckung nicht vorbereitet. Es gab vermutlich auch gar keinen Weg für ihn, sich richtig darauf vorzubereiten. Wir errichten zu viele Mauern, um je ganz ehrlich mit uns selbst zu sein. Und ich glaube nicht, daß er Brimens Warnungen wirklich beherzigt hat. Jerle Shannara war ein Krieger-König, und sein natürlicher Instinkt zwang ihn, das Schwert als physische Waffe zu betrachten, obwohl man ihm gesagt hatte, daß es ihm in dieser Form nicht von Nutzen sein werde. Als er dem Dämonen-Lord gegenübertrat und der Talisman bei ihm genau so wirkte, wie Brimen es vorausgesagt hatte, geriet er in Panik. Seine körperliche Kraft, seine Kampfeserfahrung, seine Geschicklichkeit – all das nützte ihm nichts. Damit konnte er sich einfach nicht abfinden. Aus diesem Grunde gelang es dem Dämonen-Lord, zu entkommen.«

Shea schien nicht überzeugt zu sein.

»Bei mir wäre es vielleicht anders gewesen.«

Der Druide hörte ihn offenbar gar nicht.

»Ich wollte eigentlich bei dir sein, als du das Schwert von Shannara gefunden hast, und wenn sich dir das Geheimnis des Talismans zeigte, wollte ich dir seine Bedeutung als Waffe gegen den Dämonen-Lord erklären. Aber in den Drachenzähnen sind wir getrennt worden, und erst später wurde mir klar, daß du das Schwert gefunden hattest und ohne mich nach Norden gegangen warst. Ich bin dir gefolgt, kam aber beinahe zu spät. Ich konnte deine Panik spüren, als dir die Kraft des Schwertes offenbar wurde, und ich wußte, daß auch der Dämonen-Lord das wahrnahm. Ich war aber immer noch zu weit entfernt, um dich noch rechtzeitig zu erreichen. Ich versuchte dir zuzurufen – meine Stimme in dein Gemüt zu senken. Es blieb nicht genug Zeit, dir zu sagen, was du tun solltest; das verhinderte der Dämonen-Lord. Ein paar Worte, das war alles.« Er verstummte, den Blick ins Leere gerichtet. »Aber du hast die Antwort selbst gefunden, Shea – und bist am Leben geblieben.«

Der Talbewohner wandte den Blick ab. Er lebte noch, aber es schien, als seien alle anderen, die ihn begleitet hatten, tot.

»Es hätte anders kommen können«, sagte er dumpf.

Allanon schwieg. Das kleine Lagerfeuer war zu rötlicher Glut herabgesunken, und die Nacht hüllte sie ein. Shea griff abermals nach der Schüssel und leerte sie hastig, als die Schläfrigkeit ihn wieder überfiel. Er döste, als Allanon sich plötzlich bewegte und zu ihm sagte:

»Du glaubst, es war falsch von mir, dir das Geheimnis des Schwertes nicht zu verraten? Vielleicht hast du recht. Vielleicht wäre es für alle besser gewesen, wenn ich dir von Anfang an alles gesagt hätte.«

Shea sah ihn an. Das schmale Gesicht war eine Maske dunkler Höhlen und kantiger Linien, hinter der sich ein ewiges Rätsel zu verbergen schien.

»Nein, Ihr habt recht gehabt«, antwortete Shea langsam. »Ich bin nicht sicher, daß ich die Wahrheit ertragen hätte.«

Allanon legte den Kopf ein wenig schief, als erwäge er die Möglichkeit.

»Ich hätte mehr Vertrauen zu dir haben sollen, Shea, aber ich hatte Angst.« Er machte eine Pause, als Shea ihn zweifelnd ansah. »Du glaubst mir nicht, aber es ist wahr. Dir und allen anderen bin ich immer übermenschlich erschienen. Es war notwendig, sonst hättest du deine Rolle nie spielen können. Aber ein Druide ist trotzdem nur ein menschliches Wesen. Und du vergißt etwas. Bevor er zum Dämonen-Lord wurde, war Brona ein Druide. Bis zu einem gewissen Grad müssen die Druiden also die Verantwortung dafür mittragen, was aus ihm wurde. Wir haben zugelassen, daß er sich zum Dämonen-Lord entwickelte. Unser Wissen lieferte ihm die Gelegenheit dazu; unsere Absonderung vom Rest der Welt erlaubte ihm, sich zu entwickeln. Es hätte dazu kommen können, daß die ganze Menschheit versklavt oder vernichtet worden wäre, und die Schuld hätte bei uns gelegen. Die Druiden hatten zweimal die Gelegenheit, ihn zu vernichten – und zweimal gelang es ihnen nicht. Ich war der Letzte in der Reihe. Scheiterte auch ich, wäre niemand mehr dagewesen, der die Menschen vor dem Bösen hätte schützen können. Ja, ich hatte Angst. Ein kleiner Fehler, und Brona wäre für immer Sieger geblieben.« Die Stimme des Druiden sank zu einem Flüstern herab, und er starrte auf den Boden. »Du mußt noch etwas erfahren. Brimen war mehr als ein Vorfahre. Brimen war mein Vater.«

»Euer Vater!« Shea wurde für einen Augenblick hellwach. »Aber das kann nicht –«

Allanon lächelte schwach, als Shea unsicher verstummte.

»Manchmal wirst du wohl geahnt haben, daß ich älter war, als ein normaler Mensch es werden konnte. Nach dem Ersten Krieg der Rassen entdeckten die Druiden das Geheimnis der Langlebigkeit. Aber sie fordert einen Preis – einen Preis, den Brona nicht bezahlen wollte. Sie erfordert vieles, vor allem Disziplin, Shea. Sie ist kein Geschenk. Und für unsere wache Zeit sammeln wir eine Schuld an, die durch eine besondere Art von Schlaf abgetragen werden muß, indem wir uns vom Altern erholen. Es bedarf vieler Schritte zur Langlebigkeit, und manche davon sind nicht – angenehm. Nicht ein einziger ist leicht. Brona suchte nach einem anderen Weg, nach einem, der diesen Preis nicht kostete, nicht diese Opfer, aber am Ende fand er nur Illusion.« Der Druide schien sich für lange Augenblicke in sich selbst zurückzuziehen, dann fuhr er fort: »Brimen war mein Vater. Er hatte die Chance, der Bedrohung durch den Dämonen-Lord ein Ende zu machen, aber er beging zu viele Fehler, und Brona entkam ihm. Seine Flucht hatte mein Vater zu verantworten – und wenn der Dämonen-Lord mit seinen Plänen Erfolg gehabt hätte, wäre die Schuld meinem Vater zuzumessen gewesen. Ich lebte mit der Angst davor, bis eine Besessenheit daraus wurde. Ich schwor mir, diese Fehler nicht zu wiederholen. Ich fürchte, ich hatte nie rechtes Vertrauen zu dir, Shea. Ich befürchtete, du könntest zu schwach sein für deine Aufgabe, und ich verbarg die Wahrheit, um meine eigenen Zwecke zu fördern. Ich bin in vieler Beziehung ungerecht zu dir gewesen. Aber du warst meine letzte Chance, meinen Vater zu erlösen, mein eigenes Gewissen zu befreien und die Verantwortung der Druiden für die unheilvolle Entstehung von Brona für immer zu löschen.« Er zögerte und blickte Shea in die Augen. »Ich habe mich geirrt, Shea. Du warst ein besserer

Mann, als ich es dir zugetraut habe.«

Shea lächelte und schüttelte langsam den Kopf.

»Nein, Allanon. Ihr sprecht immer davon, daß man hinterher leicht klüger sein könne. Sagt Euch das selbst zu Eurer Erleichterung.«

Der Druide erwiderte Sheas Lächeln.

»Ich würde mir wünschen ... würde mir wünschen, daß wir mehr Zeit hätten, Shea Ohmsford. Zeit, um einander besser kennenzulernen. Aber ich habe eine Schuld abzutragen ... nur allzu bald –« Er verstummte beinahe traurig und senkte den Kopf. Der verwunderte Talbewohner wartete einen Augenblick, weil er glaubte, Allanon werde noch etwas sagen, aber sein Gegenüber blieb stumm.

»Dann bis morgen.« Shea streckte sich müde aus und wickelte sich fester in den Mantel. »Wir haben eine lange Reise zurück ins Südland vor uns.«

Allanon schwieg eine Weile.

»Deine Freunde sind in der Nähe und suchen dich«, sagte er schließlich. »Wenn sie dich finden, berichtest du ihnen dann alles, was ich dir erzählt habe?«

Shea hörte ihn kaum mehr. Seine letzten Gedanken vor dem Einschlafen beschäftigten sich mit Shady Vale und der Hoffnung auf baldige Rückkehr in die Heimat.

»Das könnt Ihr besser als ich«, murmelte er.

Wieder blieb es still. Dann hörte er Allanon in der Dunkelheit rascheln, und als der hochgewachsene Mann wieder das Wort ergriff, klang seine Stimme seltsam fern.

»Das kann ich vielleicht nicht, Shea. Ich bin sehr müde – ich habe mich verausgabt. Für eine Weile muß ich ... schlafen.«

»Bis morgen«, murmelte Shea. »Gute Nacht.«

Die Stimme des Druiden drang als Flüstern zu ihm.

»Leb wohl, mein junger Freund. Leb wohl, Shea.«

Aber Shea schlief schon.

*

Shea fuhr aus dem Schlaf hoch, überflutet von Sonnenlicht, und riß die Augen auf, als er Hufgetrappel und Schritte hörte. Er sah sich umgeben von schmalen, schlaksigen Gestalten in Waldläuferkleidung. Instinktiv tastete er nach dem Schwert von Shannara und setzte sich auf, die Augen zusammengekniffen, um die Gesichter zu erkennen. Es waren Elfen. Einer von ihnen, ein Mann mit hartem Gesicht, löste sich aus der Gruppe und beugte sich zu Shea herab. Durchdringende, scharfe Augen bohrten sich in die des Talbewohners, und eine feste Hand legte sich auf seine Schulter.

»Ihr seid unter Freunden, Shea Ohmsford. Wir sind Eventines Leute.«

Shea stand langsam auf, noch immer das Schwert in der Faust.

»Allanon . . .?« fragte er und schaute sich nach dem Druiden um.

Der Fremde zögerte einen Augenblick, dann schüttelte er den Kopf.

»Sonst ist niemand hier. Nur Ihr.«

Betroffen ging Shea an ihm vorbei, durch den Ring der Reiter, und suchte mit den Augen die breite Schlucht ab. Grauen Fels und Staub, mehr sah er nicht. Außer den Elfen-Reitern und ihm selbst war niemand hier. Da fiel ihm etwas ein, das der Druide in der Nacht gesagt hatte – und er wußte, daß Allanon wirklich fort war.

»Schlafen . . .« flüsterte Shea vor sich hin. Steif wandte er sich den wartenden Elfen zu, stockte aber, als ihm die Tränen übers Gesicht zu laufen begannen. Allanon würde wiederkommen, wenn sie ihn brauchten, dachte er. So wie immer. Er wischte die Tränen weg und starrte ins tiefe Blau des Nordlandhimmels. Einen Augenblick lang schien es, als höre er die Stimme des Druiden aus weiter Ferne rufen. Er lächelte schwach.

»Leb wohl, Allanon«, sagte er leise.

8

So ging es zu Ende. Kaum zehn Tage später verabschiedeten sich diejenigen zum letztenmal voneinander, welche von der kleinen Gruppe noch übrig waren. Es war ein heller, klarer Tag, voll Sonnenschein und sommerlicher Frische. Von Westen her strich ein sanfter Wind über den smaragdgrünen Grasteppich des Landes um Tyrsis, und in der Ferne ertönte das träge Rauschen des Mermidon in der frühmorgendlichen Stille. Sie standen an der Straße, die aus der ummauerten Stadt herausführte – Durin und Dayel, der erstere mit geschientem und verbundenem Arm. Dayel hatte ihn unter den Verwundeten gefunden. Seine Heilung machte große Fortschritte. Balinor Buckhannah im Kettenhemd und blauen Reitumhang. Ein noch immer blasser Shea Ohmsford. Der getreue Flick. Und Menion Leah. Sie unterhielten sich einige Zeit leise miteinander, lächelten tapfer, versuchten, sich freundschaftlich und entspannt zu geben, ohne daß es ihnen so recht gelungen wäre, und blickten von Zeit zu Zeit auf die in der Nähe angepflockten Pferde. Schließlich schwiegen alle verlegen, man reichte sich die Hände und versprach sich murmelnd, einander bald zu besuchen. Es war ein schmerzlicher Abschied. Alles Lächeln und alle Händedrücke waren eingebettet in Traurigkeit.

Dann ritten sie davon, jeder seiner eigenen Heimat entgegen. Durin und Dayel wandten sich nach Westen, Richtung Beleal, wo Dayel endlich seine geliebte Lynliss wiedersehen wollte. Die Ohmsfords ritten nach Süden, Shady Vale und, wie Flick seinem Bruder wiederholt erklärt hatte, einer ausgedehnten, wohlverdienten Ruhepause entgegen. In Flicks Augen war ihre Sturm-und-Drang-Zeit vorüber. Menion Leah begleitete die beiden, entschlossen, dafür zu sorgen, daß Shea nichts mehr zustieß. Später wollte er für eine Zeit ins Hochland zurückkehren, um bei seinem Vater zu sein, der ihn schon sehr vermissen mußte. Aber er wußte, daß er bald wieder ins Grenzland gehen würde, zu der rothaarigen Shirl Ravenlock, die auf ihn warten wollte.

Balinor stand stumm an der Straße und schaute seinen Freunden nach, bis sie nur noch winzige Flecke im fernen Grün der Ebene waren. Dann bestieg er langsam sein Pferd und ritt zurück nach Tyrsis.

Das Schwert von Shannara blieb in Callahorn. Es war Sheas fester Entschluß gewesen, den Talisman bei den Grenzbewohnern zu lassen. Niemand hatte mehr gegeben, um die Freiheit der vier Länder zu bewahren. Niemand hatte ein größeres Anrecht darauf, mit der Pflege und Verwahrung des Schwertes betraut zu werden. So war das legendäre Schwert mit der Klinge nach unten in einen Block aus rotem Marmor eingepflanzt und mitten im Volkspark in einem Kuppelbau aufgestellt worden, um dort für alle Zeiten zu bleiben. An der Fassade des Bauwerks waren die Zeilen eingemeißelt:

»Hier liegt Herz und Seele der Nationen.
Ihr Recht, freie Menschen zu sein.
Ihr Wunsch, in Frieden zu leben.
Ihr Mut, die Wahrheit zu suchen.
Hier liegt das Schwert von Shannara.«

Wochen später saß Shea müde auf einem der hohen Hocker in der Küche des Gasthofs und starrte leer auf den Teller vor sich. Flick, der neben ihm saß, war schon bei der zweiten Portion. Es war früher Abend, und die Gebrüder Ohmsford hatten den ganzen Tag über das Verandadach wiederhergestellt. Die Sommersonne war heiß gewesen, die Arbeit mühsam; trotzdem konnte Shea, unerklärlich mißgestimmt und müde, keinen Appetit finden. Er stocherte noch immer im Teller herum, als sein Vater unter der Tür auftauchte, mit einem finsteren Gesicht. Er kam heran und tippte Shea auf die Schulter.

»Wie lange soll dieser Unsinn noch andauern?« fragte er scharf.

Shea sah ihn verblüfft an.

»Ich weiß nicht, was du meinst«, erwiderte er und sah Flick an, der aber auch verständnislos die Achseln zuckte.

»Auch mit dem Essen hapert es, wie ich sehe.« Der Vater schüttelte den Kopf. »Wie willst du zu Kräften kommen, wenn du nicht richtig ißt?« Er verstummte und schien plötzlich zu bemerken, daß er vom Thema abgekommen war. »Du willst wohl wieder fort? Wann? Ich dachte, damit sei es endlich vorbei.«

Shea starrte ihn an.

»Ich will nirgends hin. Wovon redest du eigentlich?«

Curzad Ohmsford setzte sich schwerfällig auf einen der Hocker und betrachtete seinen Pflegesohn. Anscheinend sah er ein, genauer in Shea dringen zu müssen.

»Shea, wir haben einander nie angelogen, nicht wahr? Als du von deinem Besuch beim Prinzen von Leah zurückkamst, habe ich dich nicht genötigt, mir zu erzählen, was dort geschehen ist, obwohl du mitten in der Nacht fortgegangen warst, ohne ein Wort zu sagen, und obwohl du bei deiner Heimkehr ausgesehen hast wie dein eigener Geist und es sorgfältig vermieden hast, mir genau zu berichten, wie es dazu gekommen ist. Gib mir jetzt Antwort«, sagte er schnell, als Shea etwas einwenden wollte. »Ich habe dich nie gedrängt, mir etwas zu erzählen, nicht?«

Shea schüttelte stumm den Kopf. Sein Vater nickte befriedigt und fuhr fort:

»Siehst du – weil ich eben der Meinung bin, daß das, was ein Mann tut, zumeist seine eigene Angelegenheit ist. Aber ich kann nicht vergessen, daß du aus dem Tal verschwunden bist, kurz nachdem dieser andere Fremde aufgetaucht war und nach dir gefragt hatte.«

»Andere Fremde!« riefen die beiden Brüder wie aus einem Mund.

Augenblicklich kehrten die alten Erinnerungen zurück – Allanons rätselhaftes Verschwinden, Balinors Warnung, die Schädelträger, die Flucht, die Angst ... Shea glitt langsam vom Hocker.

»Es ist jemand hier . . . der mich sucht?«

Sein Vater nickte, und sein Gesicht umwölkte sich, als er die Besorgnis im Gesicht seines Sohnes sah.

»Shea, was können wir tun?« fragte Flick dumpf. »Wir haben nicht einmal mehr die Elfen-Steine als Schutz.«

»Ich – ich weiß es nicht«, antwortete sein Bruder stockend. »Wir könnten durch den Hinterausgang entwischen . . .«

»Augenblick mal!« Curzad Ohmsford hatte genug gehört.

»Ich habe meine Söhne nicht aufgezogen, damit sie vor der Gefahr weglaufen.« Er starrte sie an und schüttelte den Kopf. »Ihr müßt lernen, euch euren Problemen zu stellen, nicht vor ihnen davonzulaufen. Ihr seid in eurem eigenen Haus, bei eurer Familie und euren Freunden, die zu euch halten, und da redet ihr von Weglaufen.« Er ließ sie los und trat einen Schritt zurück. »Wir gehen jetzt gemeinsam hinaus und treten diesem Mann entgegen. Er sieht hart aus, wirkte aber freundlich genug, als er mit mir sprach. Außerdem glaube ich nicht, daß ein Einarmiger gegen drei kräftige Männer aufkommt – nicht einmal mit diesem Haken.«

Shea fuhr herum.

»Einarmig –?«

»Er macht den Eindruck, als käme er von weit her.« Curzad Ohmsford schien Shea nicht gehört zu haben. »Er hat einen kleinen Lederbeutel bei sich, der angeblich dir gehört, Shea. Ich wollte ihn an mich nehmen, aber er gab ihn mir nicht. Er sagte, nur du würdest ihn bekommen.«

Flick ging ein Licht auf.

»Es muß etwas Wichtiges sein«, sagte ihr Vater. »Er hat mir erklärt, du hättest ihn auf dem Heimweg verloren.«

Curzad Ohmsford mußte noch eine Weile auf die Antwort warten. Seine Söhne sprangen an ihm vorbei, hinaus durch die Küchentür und durch den Korridor in den Vorraum des Gasthofs.